L'ALBA DEI RIBELLI

Serie Alba dei Ribelli Volume 1

MICHELLE LYNN

Traduzione di
ELENA TONAZZO

L'ALBA DEI RIBELLI

Mi chiamo Alba Nolan, vivo senza fissa dimora a Londra con mia sorella, Gabby. Lei si prende cura di me da quando i nostri genitori sono scomparsi. È una rompiballe, ma anche l'unica persona che mi sta davvero a cuore. Il giorno del mio compleanno l'hanno deportata nelle Colonie, una terra selvaggia oltreoceano di cui si sa poco e niente, perché il regime militare del nostro Paese vieta di parlarne. Si dice solo che un tempo era una grande nazione, poi collassata a causa di siccità, guerre intestine e un'epidemia che ne ha sterminato la popolazione.

Sono solo un'adolescente, e ammetto di non essere affatto un tipo coraggioso, ma non posso restare con le mani in mano. Andrò nelle Colonie a cercarla con Drew, il suo ragazzo. E la troverò, costi quel che costi.

L'alba dei Ribelli è il primo volume della trilogia distopica di M. Lynn intitolata ALBA DEI RIBELLI.

Per le mie sorelle

CAPITOLO 1
ALBA

L'ora di storia è pallosissima. Mi ciondola il mento, faccio un'immensa fatica a restare sveglia. Il professor Giles sta parlando da mezz'ora, ma non ricordo niente di cos'ha detto. Che palle! Sono stufa di quest'ora, stufa di questa scuola, stufa della mia vita. Sbuffo. Un ragazzo della fila accanto si volta, incuriosito. Scuoto la testa come a dirgli "non ci badare".

«Le Colonie rappresentano il peggio che possa accadere a una società moderna», sta dicendo il professore.

Spalanco gli occhi, d'improvviso sveglia. Le mitiche Colonie: ascolto avidamente chiunque ne parli sin da bambina.

«Sono la prova che, in mezzo al disastro, i Paesi forti sopravvivono e i deboli muoiono: non dimentichiamoci mai gli errori che hanno portato alla loro rovina.»

Il suono della campanella di fine lezione mi fa sobbalzare sulla sedia.

«Il compito per lunedì è scegliere una delle ragioni per cui le Colonie sono state distrutte e scrivere le vostre riflessioni. Usate il libro di testo. Potete andare. Riprendiamo la settimana prossima.»

Stordita, mi rendo conto che i miei compagni hanno già messo via i libri. Giro lenta intorno al banco, raccolgo lo zaino e mi dirigo alla porta per ultima. Tutto ciò che incontro, camminando verso l'uscita della scuola, sembra una massa sfocata. Solo il mio nome gridato più volte mi strappa al mio torpore, e per poco non inciampo nei miei passi, quando una mano mi afferra da dietro per una spalla.

«Alba.» È Gabby, mia sorella, indispettita come al solito. «Ti chiamo da quand'ero in fondo al corridoio.»

«Scusa, sono molto stanca.»

Chiunque ci guardasse non indovinerebbe mai che siamo sorelle. Gabby è la maggiore, alta e snella, coi capelli ondulati biondo ramato lunghi fino alle spalle, gli occhi verde brillante che risaltano sul viso abbronzato e il sorriso irresistibile di chi sa bene come usarlo. Io invece sono bassa, mingherlina, i miei capelli sono di un castano slavato e li tengo corti... perché mai dovrei sistemarli? Il mio aspetto mi si addice: mi fa passare inosservata, proprio come voglio io.

«Alba, Alba, Alba!» Gabby sta facendo schioccare le dita davanti alla mia faccia. Odio quando fa così. «Cosa c'è che non va oggi? Ti comporti da stralunata. Ci sei o ci fai?»

«Perché? Solo tu dici e fai cose sensate?» ribatto d'impulso, ma appena mi guarda male abbasso gli occhi. «Scusa, ho avuto una giornataccia. Andiamo a casa, va bene?»

«Appunto. Ti cercavo per dirti che Drew mi porta a fare un giro in macchina. Poi troverò il modo di tornare a casa da sola.»

«Non può accompagnarti lui?» mi sfugge, anche se so già la risposta.

«Assolutamente no! Vuoi che mandi all'aria tutto? Vado a cercarlo, ciao.»

Che acida! La saluto e continuo per la mia strada. A momenti la richiamo per ricordarle il coprifuoco, ma no, posso evitare. Lo sa già. C'è un rigido coprifuoco imposto dal governo da quand'ero piccola: di sera bisogna essere a casa entro le nove. Gabby non sempre lo rispetta, ma sinora l'ha sempre fatta franca.

Sono quasi alla fine del corridoio, quando sento ridacchiare da un'aula alla mia sinistra: appoggiata contro la lavagna c'è una ragazza che riconosco subito – è una della squadra di atletica di Gabby – e davanti a lei, vicinissimo, un tipo che non ricordo di aver mai visto prima, probabilmente uno dell'ultimo anno. Lei ridacchia ancora, lui colma la distanza che li separa e le tappa la bocca con la sua. Ecco, lo sapevo che dovevo farmi gli affari miei! Una vampata di calore mi si arrampica su per il collo, ma non riesco a staccare gli occhi dalla scena: lui ha la maglietta aderente sulla schiena ben modellata, lei si aggrappa alle sue spalle… Basta! Via di qui!

Arrivo di corsa all'uscita della scuola, spingo la doppia porta ed esco. Troppo tardi: il mio autobus si sta allontanando dalla pensilina. Merda. E adesso che faccio? Il cortile è quasi vuoto. Non è consentito restare dopo la fine delle lezioni: col suono della campanella iniziano ad arrivare i soldati, che usano il cortile per le esercitazioni. Non mi resta che andare a prendere la metropolitana.

Cammino piano, vicino al muro, per farmi sorpassare facilmente. Sembra che abbiano tutti cose urgenti da fare; io invece non ho fretta di arrivare a casa. In questa zona di Londra – la City – stanno i ricchi. Le vie sono un susseguirsi di negozi di lusso dove i comuni mortali se lo sognano di fare shopping. Il mio posto non è qui, e non sono l'unica a notarlo: mentre mi sorpassano, uomini in giacca e cravatta e donne in tailleur mi gettano occhiate sospettose.

Ho preso la metropolitana per tornare a casa da scuola poche volte. Difficilmente perdo l'autobus. Se non avessero chiuso l'East End Academy, non sarei mai dovuta venire in una scuola nella City. Girava voce che l'Academy fosse un vivaio del movimento dei Ribelli. Non dico che chiuderla sia stato uno sbaglio, perché i Ribelli – i disobbedienti – sono pericolosi. Sin da piccola sento ripetere: «Una società funziona meglio se tutti i cittadini rispettano la legge, come dimostra l'Inghilterra, sopravvissuta in un mondo che ha visto tanti Paesi collassare». A volte però ho dei dubbi: non sono cieca, vedo cosa fa il nostro governo. D'altra parte, una ribellione armata genera solo altra violenza, e il che non è un bene, senza contare che non è da me combattere.

Mi ci vuole quasi un'ora per raggiungere la stazione. Scendo ai binari con la scala mobile. Striscio la tessera ai tornelli. La tessera me l'ha procurata Gabby: come ha fatto non lo so, né voglio saperlo; ho smesso di farle domande scomode molto tempo fa.

Oltre che pulita è bella, questa piattaforma: ci sono un grande dipinto murale dai colori vivaci e tanti cartelloni pubblicitari luminosi. Mentre aspetto il treno guardo le persone, classificandole all'istante in base a come sono vestite. Siamo divisi in tre strati sociali: l'alta società, il ceto medio e il resto, di cui, per ora, da quando sono orfana, faccio parte anch'io. È il governo a decidere qual è il tuo posto definitivo. Ti viene comunicato l'ultimo anno di scuola. Se sei molto bravo, o molto ricco, vai all'università e alla fine ti viene assegnato un bel lavoro che ti permette di fare un sacco di soldi. Se hai un minimo di capacità atletiche, diventi un soldato. Gabby è già stata assegnata alle forze armate. I militari costituiscono praticamente l'intero ceto medio. La terza possibilità è per i senza risorse e i senza cervello: vengono assegnati al servizio pubblico e ricevono paghe basse. Io spero di essere mandata all'università.

Arriva il treno: m'infilo tra la folla, salgo sulla carrozza più vicina e resto in piedi, aggrappandomi a un corrimano. Quand'è ora di scendere sono rimasti pochi passeggeri: non sono in molti a vivere nell'East End, la zona più a rischio di Londra – o meglio, non molti fra quelli che possono permettersi di prendere la metropolitana.

Scendo. Il contrasto fra questa piattaforma e quella della City sarebbe scioccante, se non fossi abituata al degrado: l'intonaco dei muri è scrostato, la spazzatura imbratta il suolo dai cestini capovolti e le sole opere d'arte sono i graffiti. Ovviamente la scala mobile è rotta.

Dopo aver arrancato su per i gradini, devo percorrere circa dieci isolati per arrivare a casa. Mentre cammino lascio vagare la mente, ritrovandomi all'ora di storia e agli aneddoti che ci raccontava papà per farci fare le brave: il cattivo di turno finiva sempre nelle Colonie. Sì, perché nelle Colonie ci sono le prigioni d'Inghilterra. I criminali vengono deportati lì direttamente e non tornano mai più: così il nostro governo risparmia sulle spese dei tribunali e la nostra società si sbarazza della feccia.

«Levati di mezzo!»

Sbatto con la spalla contro il muro mentre l'uomo che mi ha urtata si allontana correndo a perdifiato. Sto per proseguire, quando cinque, no, sei soldati mi sorpassano, raggiungono il tipo, lo placcano, uno estrae la pistola e gli spara in testa. Non oso muovermi. Non oso fiatare. L'uomo viene lasciato lì dov'è, in mezzo alla strada.

Ficco le mani in tasca e le stringo a pugno per calmarne il tremito. Ricomincio a camminare solo quando i soldati sono completamente fuori dalla mia visuale. Più avanti, passo oltre il cadavere senza guardarlo: se non vuoi problemi, devi tenere gli occhi bassi e la bocca chiusa, lasciando che la guerra urbana tra le forze armate e i Ribelli faccia il suo corso.

Quando arrivo a casa sta già venendo buio. Non mi piacciono le sere in cui Gabby fa tardi. Non mi piace restare da sola. Salgo le scale del mio edificio, stando attenta a non toccare muri e corrimano. Dalle porte d'ingresso aperte lungo i corridoi mi arrivano cenni di saluto e sorrisi: le lasciamo aperte o accostate perché sono rotte. In verità, l'intero posto è malmesso, squallido: detto altrimenti, siamo occupanti abusivi di un edificio che prima o poi verrà demolito.

Entro in camera mia, tiro fuori il libro di testo che mi ha dato il professor Giles e inizio a fare i compiti. Spero che Gabby rientri presto.

CAPITOLO 2
GABBY

«Drew, tesoro, è bellissimo!» Capelli al vento e occhiali da sole, erano secoli che non mi sentivo così libera, euforica e sexy. La sua decapottabile nuova di zecca divora la strada; l'aria pungente ci fa venire la pelle d'oca, ma non al punto da farci fermare.

«Ti piace?» mi chiede accelerando ancora.

«Sì, ma adesso esageri!»

«Se vuoi rallento.»

«In effetti dovresti, e non perché te lo dico io.»

Insinuo le mani tra i suoi capelli come so che gli piace: un primo gemito eccitato sfugge dalle sue labbra, Drew rallenta, accosta e appena l'auto è ferma, aderisce alla mia bocca come un morto di fame che si abbuffa a un banchetto. Non dura a lungo però: una strombazzata di clacson interrompe il suo bacio famelico, facendoci saltare per aria entrambi. «Segno evidente che è ora di rientrare» dico cogliendo la palla al balzo. «Stasera devo essere a casa presto.»

«Ma se abbiamo appena cominciato…» mi sussurra nell'orecchio col suo tono più sensuale.

Fosse stato un giorno qualsiasi, avrebbe funzionato; oggi proprio no: «Devo trovare un regalo per mia sorella. Domani compie gli anni. E i miei non vogliono che faccia tardi». Provo disagio a riferirmi ai miei genitori. È una bugia che fa male ogni volta che la dico, ma nessuno deve sapere la verità: mio padre è morto e mia madre se n'è andata, abbandonando me e mia sorella, quando avevo solo dieci anni.

«Come vuoi» risponde docilmente. «Dove vogliamo andare? Ti porto.»

«A Fenwick. Ci arrivo da sola. Basta che mi porti alla stazione della metro.»

Drew fa spallucce e avvia il motore. Con lui sono stata fortunata: è uno che fa poche domande. Ed è dannatamente sexy: capelli neri e profondi occhi blu, ha uno sguardo che ti scioglie all'istante e un magnifico fisico da calciatore. Che importa, se è il figlio del comandante del distretto e se è un playboy? Penso di riuscire a tenermelo, almeno finché non viene a sapere che vivo di espedienti.

Ma che fa? Non stiamo andando alla stazione! Il cretino non ascolta. Quando parcheggia fuori da Fenwick sto fremendo di rabbia: «Cos'hai in mente? Ti avevo chiesto solo di portarmi alla metro. Ascolta quando ti parlo!». Scendo sbattendo forte la portiera e mi allontano subito.

Appena entro a Fenwick vedo tutte cose che non potrò mai permettermi: abiti firmati, borsette, gioielli e accessori di colori e stili incredibili. Di solito mi arrangio con quello che rubo. Qui non ci ho mai provato. È un hobby pericoloso, rubare. Tanti direbbero che sono fuori di testa anche solo a provarci. La sentenza per il furto, che so, di un vestito, è uguale a quella per tutti gli altri crimini: ti deportano nelle Colonie.

Non devo preoccuparmi delle conseguenze. So di

essere brava. Devo credere che ce la farò. Se non hai i nervi saldi, è finita.

Supero una guardia armata oltre l'ingresso. Nell'East End, dove sto io, i negozi sono sprovvisti di sorveglianza, ma è anche vero che la loro merce non è un granché.

Posso farcela.

Alba merita qualcosa di speciale per il suo compleanno. Non le piace che le scelga io i vestiti, quindi bando ai vestiti. Una borsetta è utile solo se hai un portafoglio da metterci, o cose "prese in prestito", come nel mio caso. Di rubare Alba non ne vuole sapere, dice che è "sbagliato". È incredibilmente fastidiosa, la sua onestà. Vado al banco dei gioielli. Eccolo, il regalo perfetto: ben disposti in un espositore, quasi mi stessero chiamando, ci sono i braccialetti più belli che abbia mai visto. Ne prendo uno d'argento, lo lascio scivolare con discrezione nella borsa, poi aggiungo un ciondolo per sorelle.

«Posso aiutarla?»

Oh no! Da quanto tempo mi cura la commessa? Se però mi avesse visto sgraffignare qualcosa, la guardia mi avrebbe già messo in manette. «Sto solo dando un'occhiata, grazie.»

La donna non coglie il segnale che può continuare a farsi gli affari suoi; al contrario, mi fissa mentre vado con calma all'uscita.

«Un momento, signorina.» La guardia mi trattiene per un braccio. «Svuoti la borsa.»

Senza pensarci due volte libero il braccio con uno strattone e scatto verso la porta. Appena fuori mi guardo intorno. Meno male che Drew è dove l'ho lasciato, seduto in macchina ad aspettarmi. Gli corro incontro, ma vengo afferrata di nuovo, stavolta per un polso. Mi giro fulminea: è un soldato. Era nel negozio? Per forza, sennò da dov'è saltato fuori? Anziché indietreggiare, mi scaglio contro di lui con una testata. Fa malissimo ma funziona: lui molla la presa, e io mi precipito in macchina balzando sul sedile del passeggero. «Vai Drew! Subito!»

«Ma che fai? Hai aggredito un militare!»

«Muoviti, deficiente!»

Suo malgrado Drew obbedisce: la macchina sgomma e fila a tutta velocità lungo Bond Street.

«Merda!» grido in uno sfogo di tensione, prima di afflosciarmi contro lo schienale. Stavolta c'è mancato poco. Non sono ancora in salvo, ma per la miseria, così sì che mi sento viva! Al diavolo le conseguenze. Ci penserò domani. E comunque, che probabilità hanno di trovarmi?

«Gabby, cosa succede?»

«Diciamo che a mia sorella piacerà il suo regalo.» Sollevo il braccialetto per guardarlo meglio. È davvero bello.

«L'hai rubato?» Proprio allora suonano le sirene della polizia. «Gabby, mi fermo.»

«Cosa?! Sei scemo? Ho appena dato una testata a un soldato. Sai cosa significa per me? Possiamo seminarli.»

«Va tutto bene. So cosa fare. Vedrai che mi ascoltano.»

Di lì a poco una volante accosta dietro di noi. Gli agenti non scendono subito; prima li vedo prendere la targa di Drew e confabulare alla radio.

«Mr. Crawford, sono l'agente Sutton» dice quello che finalmente si avvicina. «È un piacere conoscerla, signore.»

Roba da matti! Prima lo inseguono a sirene spiegate, poi lo trattano come un re. Può dire grazie alle buone conoscenze di suo padre.

«Piacere mio, agente» risponde Drew, con altrettanta cordialità. «Come posso aiutarla?»

«Ehm… abbiamo ragione di credere che abbia in macchina della merce rubata, signore.»

«Sono certo che ci sia un equivoco. Sistemiamo tutto

subito. Quanto costerà la merce di cui parla?» Drew tira fuori il portafoglio.

No, questo no. Non è giusto che paghi lui!

«Mi dispiace, signore, non è così facile. Nei video di sorveglianza si vede la ragazza che viaggia con lei aggredire un soldato.» Poi si rivolge a me: «Temo che lei debba venire con me». Nella sua voce non c'è più traccia della gentile riverenza riservata a Drew.

«Lasci che chiami mio padre e tutto si chiarirà.»

«È già stato avvisato, signore, e ha ordinato di procedere con l'arresto.»

Capisco che è inutile tergiversare, lascio il braccialetto in macchina e scendo.

«Dammi il tempo di parlare con mio padre» mi dice Drew. «Vengo a prenderti il prima possibile.»

Annuisco poco convinta, seguo gli agenti e salgo dietro sulla volante.

È così sicuro di sé, Drew. Io no. So cosa succede a quelle come me, alle ragazze senza genitori e senza rilevanza sociale: di noi, tutti si dimenticano. E se si ricordano, è solo per punirci.

CAPITOLO 3
DREW

«S cusa, amico!» grido dal finestrino, abbozzando un saluto con la mano mentre supero un'altra macchina. Nello specchietto retrovisore vedo l'uomo al volante imprecare e scuotere la testa. Si è un po' incazzato. Pazienza. Non so qual è il limite di velocità; so solo che è ben al di sotto di quanto sto andando nel mio slalom per arrivare a casa il prima possibile.

Essere il figlio del comandante del distretto ha i suoi vantaggi. Il poliziotto ha detto che mio padre è stato avvisato e ha ordinato l'arresto. Mi rifiuto di crederci. Per quanto sia freddo e calcolatore, lascerà davvero che deportino un'adolescente nelle Colonie? Tra l'altro, per reati minori? Be', a dire la verità, se Gabby avesse solo rubato il braccialetto, avrei potuto mettere a tacere il tutto subito; coi militari invece è difficile passarla liscia.

Esco dallo stradone ed entro nel mio quartiere. Abitiamo in pieno centro con gli altri ricchi e straricchi di Londra. Anche qui vado al massimo, incurante di dossi e semafori. Sono in apprensione: so già che mio padre disapprova quelle come Gabby. Spero che la faccia rilasciare e accompagnare dalla sua famiglia in cambio della mia promessa di non rivederla mai più. Faremo un patto e poi, come al solito, lo infrangerò. La nostra è una danza infinita: lui fa di tutto per controllarmi, io mi ribello e alla fine vinco.

Abito nella stessa casa da sempre, e da sempre la trovo mostruosa, nel senso che è troppo grande, sproporzionata, andrebbe bene per un gigante. Il cancello dell'ingresso principale è d'acciaio, altissimo, ed è presidiato da due guardie ventiquattr'ore su ventiquattro. Ho sempre pensato fossero eccessive: se non c'è modo di scavalcarlo, perché farlo sorvegliare?

«Ehi Willie! Come va?» chiedo, accostando alla casa del custode.

«Bene, signore» risponde lui mentre apre il cancello senza degnarmi di uno sguardo. Sarà perché lo chiamo Willie. Non mi sopporta quando lo chiamo così. Dice che William è più rispettabile. E io, ovviamente, non lo chiamo mai William: in questa casa, o trovi un modo per divertirti o impazzisci.

Parcheggio nel mio posto lungo il vialetto e m'incammino verso l'ingresso della fortezza. Mio padre non vuole che la definisca "fortezza", ma, dal momento che tutte le finestre sono a prova di proiettile e ci sono circa otto fra entrate e uscite, non mi riesce proprio di chiamarla "casa".

Suono il campanello com'è nostra usanza: pare che i Crawford non siano fatti per aprirsi la porta da soli. Abbiamo un poveraccio assegnato al servizio civile che ci fa da maggiordomo. Abbiamo anche due cameriere e un cuoco − per me, un altro eccesso di personale: in famiglia siamo solo in tre.

La porta si spalanca: «Bentornato a casa, Mr. Crawford».

«Grazie, Carl.» Pulisco le scarpe sullo zerbino e gli lascio il cappotto prima di chiedere: «Mio padre è qui?».

«Sì, signore. È nel suo studio. C'è altro?»

«No. Vado da lui.»

«Come desidera, signore.»

Mentre Carl torna in cucina, inizio a salire lo scalone a chiocciola. Mi affaccio in camera mia per lanciare lo zaino sul letto, poi vado a bussare alla porta dello studio. Mio padre passa buona parte del suo tempo lì. Da piccolo ci andavo di nascosto per guardare i suoi libri, ne ero affascinato; ora è il luogo in cui si svolge gran parte dei nostri litigi.

«Sì? Chi è?» chiede la sua voce dall'interno.

Apro la porta ed entro, preparandomi al peggio. «Ciao» dico col tono teso e formale che gli riservo da anni.

Lui solleva lo sguardo dalla scrivania. «Ah, sei tu.»

Il suo modo di fare gelido non mi addolora più; ormai sono abituato a percepire la sua delusione nei miei confronti. «Ti posso parlare?»

Per tutta risposta, riabbassa gli occhi sulle carte. «Se è per la ragazza» dice poco dopo, «non puoi fare niente. Meglio che te la dimentichi».

«Dimenticarla?! Non posso fare niente?» ripeto con rabbia.

«Sì, figliolo. È una poco di buono. Con te cercava solo di elevare il suo stato sociale. Ha aggredito un onesto soldato, per non parlare del furto. Adesso ho un lavoro importante da finire. C'è una riunione sul clima nel fine settimana…»

«Ora mi ascolti, papà!» Con braccia tremanti sbatto le mani sulla scrivania, cogliendolo talmente alla sprovvista da farlo retrocedere con la sedia. «Gabby non si merita questo!»

Lui mi fissa con occhi duri, lasciandosi andare a un'amara risata. «Ha infranto la legge e ora la pagherà, mezzo mondo lontano da te.»

«Vuoi lasciare che la deportino nelle Colonie?»

«I criminali finiscono lì.»

«Il soldato non si sarà fatto niente! E lei ha rubato solo uno stupido braccialetto!» grido, fuori di me. Ho una gran voglia di aggirare la scrivania per prenderlo a pugni.

«Sarebbe comunque finita nelle Colonie. Il braccialetto è un provvidenziale pretesto» dice, con voce sinistramente calma. «Figliolo, ora perché non vai a divertirti con un'altra delle tue ragazze?» mi esorta prima di tornare alle sue carte.

Sentendo la bile alla bocca dello stomaco, osservo incredulo la facilità con cui ha condannato Gabby – e chissà quanti altri – a quel terribile destino. Ho le dita bianche dalla forza con cui le tengo serrate al bordo della scrivania. Immagino me stesso dire e fare un sacco di cose, ma alla fine mi sento svuotato e alle mie labbra sfugge solo un pensiero su cui rimugino da tempo: «So che James è nelle Colonie. Non è morto». Bene, ho di nuovo la sua attenzione. Passiamo alcuni minuti in silenzio a fissarci come due estranei.

«Non sai niente» dice infine.

«Invece sì: so che devo trovarlo. So che devo allontanarmi da te» replico a voce bassa, le ultime parole appena un sussurro, ma vedo che ha sentito tutto. Si alza, e stavolta sono io a indietreggiare.

«Quella è la porta. Fuori da casa mia» ordina senza scomporsi puntando un dito verso il corridoio.

«La mamma…».

«M'inventerò io una scusa» taglia corto lui.

Annuisco e mi precipito fuori, scendo lo scalone, esco di casa, salgo in macchina, appoggio la testa sul poggiatesta del sedile e chiudo gli occhi. Sono fottuto. E adesso?

Le Colonie, ci devo andare. O avrò fatto uno sbaglio colossale? Vorrei che James, mio fratello, fosse qui ad aiutarmi. Ma se lo fosse, probabilmente non andrei da nessuna parte.

Prendo il cellulare e seleziono il numero di un mio conoscente che lavora in aeroporto. Di lui mi posso fidare. Dopo aver preso accordi, andrò nell'East End. Voglio trovare la famiglia di Gabby: devono sapere cos'è successo e che intendo fare qualcosa per tirarla fuori dai guai.

CAPITOLO 4

ALBA

Sto sclerando. Gabby non è rientrata ieri sera. È la prima volta che mi lascia a casa da sola tutta la notte. Dev'esserci qualcosa che non va. Ehi, buon compleanno a me, giusto?

Guardo fuori dal vetro crepato della finestra: il cielo è furioso. Piove dalle prime ore del mattino; del sole neanche l'ombra. No, non me la sento proprio di uscire a cercarla. Un altro lampo. Conto i secondi in attesa dell'onda d'urto del tuono. Sono tesa. Odio i temporali. Mi fanno paura. Di solito, prendo una coperta e mi rannicchio per terra con mia sorella nel punto più lontano dalla finestra. Averla vicino mi fa sentire al sicuro. Ma adesso lei non c'è. Stringendomi nella coperta, faccio del mio meglio per smettere di tremare.

«Gabby, sei tu?»

Qualcuno ha bussato leggermente alla porta, che aprendosi rivela la presenza di un bel ragazzo moro dagli occhi selvaggi. Entra e si guarda intorno. Non è uno del condominio. Ha tutta l'aria di aver passato la notte in bianco, o forse è drogato. I capelli fradici sono attaccati al viso e le scarpe hanno lasciato impronte bagnate. La sua curiosità mi brucia dentro. Ma chi è? Un nuovo occupante abusivo? Dall'aspetto non si direbbe. In ogni caso, come si è permesso di entrare senza che lo invitassi? Tiro su la coperta fino al mento.

«Sei Alba?»

Annuisco. Ora che lo guardo bene, ha un che di familiare.

«Sono Drew. Sto con tua sorella.»

Ecco dove l'ho già visto! È il ragazzo nell'aula di ieri. Quella che baciava, però, non era mia sorella. Brutto stronzo! A Gabby lui piace. Sarà distrutta quando lo scoprirà... Non è il momento di pensarci. «Sta bene? Dov'è?» chiedo, anche se ho voglia di sputargli in faccia e cacciarlo via subito.

Passandosi nervosamente le mani tra i capelli, viene a sedersi accanto a me, troppo vicino perché mi senta a mio agio. «È stata stupida, molto stupida. Non sapevo cos'avesse intenzione di fare, altrimenti l'avrei fermata. C'è stato un inseguimento e non ho potuto fare niente. E adesso...» La sua voce viene meno, gli tremano le mani.

Resto in silenzio per qualche istante, poi sbotto: «E adesso cosa? Dov'è Gabby?».

«La deportano nelle Colonie» sussurra.

No! Mi sento mancare. Non può essere vero. Cos'ha fatto di tanto grave? Si è sempre presa cura di me, non voglio restare sola! Chissà cosa le faranno. No, non sta succedendo davvero. Scuoto la testa con forza mentre lui continua a raccontare.

«Allora si è consegnata alla polizia» sta dicendo. Le sue parole si alternano rapide, come se volesse svuotare il sacco per poi non doverne parlare mai più. «Sono tornato a casa per dirlo a mio padre. Non ha voluto aiutarmi. Ho insistito, ma è stato tutto inutile. Anzi, sembrava contento che me la portassero via. La imbarcheranno sul primo volo per le Colonie di stamattina. Non sono riuscito a evitarlo. Sono venuto qui per dirvelo.»

«Come hai fatto a trovarmi?»

«Gabby mi aveva detto che stava nell'East End. Ho girato il quartiere in macchina per ore, chiedendo dove abitate a chiunque fosse disposto a rispondermi. Ho pensato che la vostra famiglia si sarebbe preoccupata a non vederla rientrare.»

«Sono solo io la famiglia di Gabby.»

«Scusa, che dici? Dove sono i vostri genitori?»

«Non ci sono più.» Restiamo in silenzio mentre la verità attecchisce. Fisso il pavimento: la consapevolezza della loro assenza mi uccide ogni volta che riemerge, e non mi va di raccontare i fatti miei a un perfetto sconosciuto.

«Quindi? Cosa facciamo?»

«Facciamo? Chi? Tu e io? Cosa vuoi da me?» Non voglio avere niente a che fare con lo stronzo che tradisce mia sorella.

«È colpa mia e di mio padre.»

«Tuo padre?»

«Il comandante del distretto.»

«Merda.» Seppellisco il viso tra le mani. «Vattene.»

«Cosa?»

«Vai via. Non mi fido di te. Non mi piaci. Tu e tuo padre avete distrutto quel che restava della mia famiglia.» Mi sfugge un singhiozzo. «Gabby non tornerà mai più. Vattene.»

«Hai bisogno di me. Non puoi farlo da sola.»

«Fare cosa?»

«Aiutare Gabby. Se assomigli a tua sorella, hai già un piano. E se non ce l'hai tu, ce l'ho io.»

«Non ci assomigliamo per niente» ribatto brusca. «Non c'è speranza. Chi viene deportato nelle Colonie è perduto.» Torno a fissare il pavimento; con la coda dell'occhio vedo che estrae dalla tasca una biro e un foglietto e scrive qualcosa.

«Ecco, nel caso cambiassi idea.» Posa il foglietto accanto a me; un attimo dopo è già sparito.

Incuriosita, lo raccolgo. C'è scritto:

Domani
Ore 23:00
Aeroporto
Hangar 18

CAPITOLO 5
GABBY

«**G**abriella Nolan, sei accusata del furto di un braccialetto e di un ciondolo e dell'aggressione di un onesto soldato presso i grandi magazzini Fenwick. Sei stata ripresa dalle videocamere di sorveglianza e sei scappata dalla scena del crimine. Essendo accuse molto gravi, dovrai scontare una pena esemplare. Qui in Inghilterra vige la tolleranza zero per chi infrange la legge.»

Mentre l'uomo termina l'accusa, guardo su e mi prende un colpo: sono faccia a faccia col comandante del distretto in persona. Seduta in cella per ore a chiedermi che fine avrei fatto, adesso è chiaro che sono nella merda. Diamine, ho solo preso un miserabile braccialetto! O no? La faccenda a quanto pare è complessa: un ufficiale d'alto rango non interviene per furtarelli insignificanti.

Sto tremando. Di rabbia, non di paura. Guardo l'uomo dai capelli rasati e l'uniforme ben stirata. È bello, come del resto suo figlio: stessi capelli neri, stessa pelle liscia, ma, diversamente da Drew, quando sorride, il comandante ha un che di sinistro, come se traesse immenso piacere dalla mia situazione.

«E il mio processo?» chiedo, sforzandomi di rilassare la mandibola.

«Mia cara» risponde con fare tutt'altro che affettuoso, «è questo il *tuo processo. Sono io il tuo giudice. Sono io la tua giuria. E ti ho giudicato colpevole».*

«Non può farlo!»

«Al contrario: posso farlo, e l'ho già fatto. Goditi il tuo soggiorno nelle Colonie!»

Uno scossone improvviso mi fa spalancare gli occhi. È stato solo un brutto sogno? Purtroppo no. Ho ancora fresco in mente il suo sguardo arrogante, ne sono disgustata. Mi considera indegna di uscire con suo figlio, spazzatura da gettare via. Sarebbe stato diverso, se gli avessi detto che Drew e io non facciamo sul serio? Il ragazzo mi piace, sì, ma ci stavamo solo divertendo. Non è che io fossi davvero una minaccia per l'avvenire che suo padre ha in serbo per lui.

Scuoto la testa per spazzare via il ricordo. Devo concentrarmi sul da farsi. L'aereo ondeggia, fuori c'è il temporale. Aggrappandomi al sedile, mi rendo conto di avere le mani in catene. Ho i polsi intorpiditi, ecco perché non le ho notate subito. Guardo in basso: catene anche ai piedi. Non ero mai stata in aereo prima d'ora; doveva proprio capitare su uno che mi portasse in prigione? Comunque, sono in buona compagnia. Conto altri nove prigionieri, tutti esanimi, probabilmente anche loro senza la più pallida idea di cosa ci aspetta.

E non mancano i soldati: due in cima e due in fondo al corridoio centrale dell'aereo. Per una decina di prigionieri incatenati e narcotizzati, mi pare eccessivo. Fisso i due di fronte: seduti dritti e immobili, sembrano statue. I loro occhi guardano in avanti senza soffermarsi su niente in particolare. Bravi soldatini. Mi fanno venire voglia di urlare. Potrei anche farlo, se non fosse per le pistole riposte a terra ai loro piedi. Ma lo sanno quello che fanno? O se ne fregano? Disgustata, giro la testa di scatto.

Forse proprio per questo mio movimento, uno si alza e bussa alla porta della cabina di comando: si affaccia una donna in uniforme grigia, che guarda subito nella mia direzione. Ci scambiamo una rapida occhiata prima che lei aggrotti le sopracciglia e si volti a chiamare qualcuno in cabina. «Ce n'è una sveglia. Mi serve assistenza» la sento dire.

Pochi istanti dopo un uomo viene da me con in mano una siringa. «Sta' buona» dice, senza tante cerimonie.

Col cazzo! Vorrei vedere lui stare buono quando stanno per ficcargli in vena un ago gigante per iniettargli chissà quale sostanza! Ma non ho via di scampo. «Figlio di puttana» è l'ultimo insulto che ricordo di avergli detto prima di ripiombare nell'oblio.

CAPITOLO 6
GABBY

La mia pelle sta andando a fuoco. Ci si sente così all'inferno? Sono morta? Le fiamme mi danzano intorno. Il sudore mi cola lungo il viso. Acqua, ho bisogno d'acqua. «Aiuto, vi prego...»

Non mi sente nessuno. Sono sola. Vado a fuoco. Cosa può esserci di peggio? Le fiamme non vogliono estinguersi. Il calore mi avvolge, sto svenendo.

«No. Vi prego. Tiratemi fuori.» Sono sveglia. Il fuoco non c'è, il calore sì, ma non sto bruciando a morte. Non c'è modo peggiore di morire, secondo me. Ma dove sono, se non sono morta?

Mi afferra il panico. Soffoco. Fa troppo caldo. Quanto potrò resistere? Darei qualsiasi cosa per una goccia d'acqua, un'unica goccia che non sia del mio sudore. Sono rinchiusa in quella che sembra una vecchia cabina del telefono. Ho i crampi alle gambe, ma non c'è abbastanza spazio per distenderle. Ho un mal di testa rimbombante. Il dolore, però, è la minore delle mie preoccupazioni: ne so abbastanza da rendermi conto che, se continuo a sudare così, non sopravvivrò a lungo, a meno che non mi diano dell'acqua.

Sarà per il calore, la sete o semplicemente un effetto collaterale della sostanza con cui mi hanno drogata, fatto sta che non riesco a stare sveglia. Ho bisogno di schiacciare un altro pisolino – o almeno così mi dico prima di svenire.

Da quanto tempo vado avanti così? Un giorno? Una settimana? Passo in continuazione da stato cosciente a incosciente e viceversa. Ogni tanto una mano misteriosa si infila da un buco in basso per lasciarmi una scodella d'acqua e un tozzo di pane per terra. Voglio gridare, chiamare chiunque sia lì fuori, ma non ho voce. Raccolgo la scodella. Potrei giurare che l'acqua sfrigoli a contatto con la lingua. Sarà un effetto del mio delirio. La sete non si placa nemmeno dopo aver leccato l'ultima goccia. Lascio giù la scodella vuota e mi sforzo di mangiare il pane: ho la gola gonfia, lo mando giù a fatica. Poi mi rannicchio e risprofondo nel buio.

Nei rari momenti in cui sono pienamente lucida, non ci credo, che sta succedendo proprio a me. Io non sono pericolosa! Sono solo un'adolescente.

E sono tutto quello che ha mia sorella. Per il suo compleanno, volevo regalarle almeno un istante di meraviglia in questo mondo di merda. Lei merita di essere felice. E invece… che ne sarà di lei? Oh Alba, mi dispiace tanto.

Ho voglia di piangere, ma le lacrime non trovano liquidi per formarsi. Scossa da singhiozzi senza pianto, mi abbandono al mio dolore.

CAPITOLO 7
ALBA

Non ho altra scelta. Non ho altra scelta. Non ho altra scelta…
Me lo ripeto da stamattina come un mantra. Stento a credere di essere qui da sola, al buio, in attesa di un tizio che conosco appena. Ho passato la notte in bianco scervellandomi su come aiutare mia sorella: non mi è venuto in mente niente di meglio che seguire il piano di Drew, qualunque esso sia. Sono già all'hangar 18, ma lui per ora non si vede. In effetti non c'è anima viva. Noto un aereo sulla pista: per quel poco che ne so, sembra pronto per il decollo. Non sapendo che fare, mi nascondo dietro un furgone. Spero proprio che lo stronzo si faccia vivo.

Avverto dei passi. Resto in ascolto, appiattita contro il furgone.

«Alba?» sento dire piano. «Alba, ci sei?» I passi si sono fermati.

«Sono qui.» Esco dal mio nascondiglio.

Lui mi viene incontro con un sorriso: «Dunque si va. Brava».

«Be', non ho altra scelta.»

«Lo so.»

Che arroganza. In un altro momento l'avrei fulminato, ora non è il caso. «Strano che non ci sia nessuno.»

«È tutto a posto, non ti preoccupare. Vieni, abbiamo pochissimo tempo.»

Mi fa strada correndo silenziosamente sulla pista. Lo seguo da vicino senza smettere di guardare in giro. Ho paura che qualcuno ci scopra.

Raggiunto il velivolo, inizia a manipolare la leva di chiusura di un portellone secondario. La sblocca in pochi secondi, solleva il portellone e si issa a bordo. Subito dopo si volge, tendendomi una mano. L'afferro, aggrappandomi con l'altra alla base del telaio, e con qualche sforzo salgo anch'io. Mentre lui chiude il portellone, mi sfugge un sospiro di sollievo.

Seduta per terra, mi guardo intorno: siamo circondati da scatoloni. Fra tanti privi di etichetta, distinguo quelli di medicinali dal simbolo della Croce Rossa. Siamo nella stiva di un cargo di rifornimenti per le Colonie. Bene, Drew sa il fatto suo.

Raddrizzo la schiena e lo guardo, rendendomi conto che mi sta fissando. «Che c'è?»

«Grazie per esserti fidata di me.»

«Non ho mai detto che mi fido di te.»

«Ma sei qui.»

Sospiro. «Perché mia sorella viene prima di tutto. Ti sto solo usando per scoprire dov'è.»

Il suo sguardo intenso non vacilla. «Non giudicarmi basandoti su chi è mio padre. Di me ti puoi fidare.»

«Ho mai detto che è tuo padre la ragione per cui non mi piaci?»

Drew comprime le labbra. «Quando saremo atterrati andremo da Gabby. Non lascerò che anche lei faccia la fine di…»

Una forte emozione gli strozza le parole in gola. Non lo

incalzo, so cosa significa avere scheletri nell'armadio. Dunque, conosce almeno un'altra persona deportata nelle Colonie, oltre a Gabby. Buono a sapersi. Persino il figlio del comandante del distretto ha una tragedia con cui deve fare i conti.

Sposto alcune cose per mettermi comoda. «Immagino che il viaggio sarà lungo. Provo a dormire.»

CAPITOLO 8
ALBA

È una vita che cerco vie di fuga. Non affronto mai le difficoltà, come invece fa mia sorella. Io scappo sempre. Solo che adesso non ho più un porto sicuro in cui rifugiarmi. Chissà quali pericoli mi aspettano, quando l'aereo sarà atterrato. Non importa. Per la prima volta in vita mia voglio lottare, voglio cacciarmi nei guai. Basta scansarsi, basta nascondersi dietro Gabby. È il mio turno di fare qualcosa per lei e non fallirò. Pur senza un piano, e un tipo con una cattiva reputazione come unico alleato, intendo farmi avanti. Sarò ammattita, ma voglio provarci.

«Alba? Hai fame?» Seduto in ginocchio, Drew mi sta porgendo una confezione sottile rossa e gialla.

«Cos'è?»

«Bastoncini di carne essiccata di marca premium.»

«Eh?»

«Non l'hai mai assaggiata? È buonissima!»

Il suo sorriso luminoso mi incoraggia ad accettare. Scarto lentamente lo snack e ne prendo un morso. È gommoso, ma appena inizio a masticarlo un sapore delizioso mi riempie la bocca. Ricambio il sorriso. In effetti avevo una gran fame. «Gabby e io non ci possiamo permettere cibi di marca» dico, tra un boccone e l'altro. «Per noi è già tanto mangiare ogni giorno alla mensa della scuola.»

Drew tace. Lo sorprendo ancora una volta a guardarmi. Rendendosi conto che preferisco non approfondire, dice solo: «Be', pare sia uno snack che spopola nelle Colonie. Ce ne sono delle casse piene qui».

«Saranno per gli ufficiali, o i civili d'alto rango» dico, mentre me ne passa un altro. «Come hai fatto?»

«A fare cosa?»

«A sapere del cargo.»

«L'ufficiale responsabile dell'aeroporto è un amico e un simpatizzante.»

«Davvero ti sei messo d'accordo con un simpatizzante? È gente pericolosa!»

«Non più dei Ribelli.»

Mi viene in mente l'uomo cui ho visto sparare in mezzo alla strada. «Può darsi. Se non altro, i Ribelli non fanno mistero di come la pensano. Invece, i simpatizzanti nel governo e nelle forze armate approvano molte delle cause per cui lottano i Ribelli, ad esempio l'indipendenza dalle regole militari, la libertà, ma non si sporcano le mani. Quindi io mi chiedo: chi è il peggiore? Quello che disobbedisce e crea disordine, o quello che, per quieto vivere, continua a far finta di niente?»

Drew mi lancia uno sguardo tra il sorpreso e il divertito. «Sicura di non essere una Ribelle?»

«Non sono sicura di niente.»

«Mah.» Si gratta una guancia. «Sembra che tu abbia già scelto da che parte stare.»

«Il carattere da "combattente" ce l'ha mia sorella. Lei sì, è probabile che a un certo punto sarebbe finita tra i

Ribelli… Oh, che gaffe! Scusa! I Ribelli sono contro tuo padre. Non volevo…»

«Tranquilla. A dire la verità, anch'io sono a loro favore.»

«Allora sei un simpatizzante?»

«Diciamo che lo ero. Questa» dice, alludendo alla stiva con le casse «è la festa del mio, anzi no, del nostro battesimo. Odio dovertelo dire, ma adesso siamo entrambi Ribelli. Non si può più tornare indietro».

Le sue parole mi echeggiano in testa. *Sono una Ribelle.* Per Gabby, questo e altro.

CAPITOLO 9
ALBA

«Ehi Alba, stiamo scendendo.» Drew mi scuote leggermente per una spalla.

Dopo il nostro breve scambio sui Ribelli, la mia antipatia nei suoi confronti ha iniziato a scemare. Ci siamo tuffati insieme in quest'impresa. Abbiamo mollato tutto entrambi. Non so bene quali siano le sue ragioni, ma gli sono grata per non avermi lasciata sola. Rieccolo, il suo sorriso da seduttore. Un sorriso che sembra fuori luogo, vista la situazione, ma che contribuisce non poco a farmi sentire al sicuro. Come può essere lo stesso ragazzo che ha tradito mia sorella? Gli eventi di Londra sembrano già risalire a un passato remoto. Le sue abilità di Don Giovanni hanno perso importanza ai miei occhi. Ora conta solo Gabby: non il suo cuore, ma la sua vita.

Mi drizzo a sedere nello spazio stretto fra le casse. «Riempiamo gli zaini di cose da mangiare.»

Drew mi fa un saluto militare per gioco: «D'accordo, capo».

Mentre raccolgo manciate di snack di carne essiccata, vedo che si è buttato sui dolci. «Dovremmo prendere qualcosa che ci tenga in vita, non che ci mandi in coma da zuccheri!» gli dico ridendo.

Subito svuota lo zaino, infilando solo un paio di merendine nella tasca laterale.

Dopo l'atterraggio, ci nascondiamo in attesa che arrivino gli addetti allo scarico. Non sappiamo com'è la situazione fuori: meglio aspettare che aprano dall'esterno e sgattaiolare via alla prima occasione.

Quando il portellone si solleva, sembra trascorsa un'eternità. A pochi passi da noi scorgiamo un uomo alto e robusto, che si china per entrare. Una volta a bordo, ispeziona la stiva con gli occhi. Appena guarda in nostra direzione trattengo il respiro, quasi mi avesse già scoperta. Si avvicina. Pare intenzionato a controllare le casse.

«Signore, c'è una chiamata per lei sul satellitare.»

L'uomo fa dietrofront ed esce lasciando il portellone aperto. Sentiamo che si allontanano tutti e due.

«C'è mancato poco! Andiamo» dico, con un fil di voce.

Con cautela Drew sporge la testa dal vano del portellone, poi si volta e mi fa cenno di via libera, di andare io per prima.

Fuori la luce è incerta, sembra quasi sera. Vedo solo un uomo impegnato a fare rifornimento al cargo. Mi rannicchio sul fondo del vano; quando il tipo sparisce dietro al camion di carburante, salto giù. Barcollo ma non perdo l'equilibrio, scatto verso una macchia verde non lontano dalla pista. Drew è subito dietro di me. Non ho mai corso così veloce in vita mia. Corro disperatamente, incurante di gambe tremanti e polmoni che sembrano scoppiare.

Ci tuffiamo nella macchia come frecce impazzite. Al riparo degli alberi rallentiamo fino a fermarci. Ci guardiamo in allerta, pronti a fuggire al minimo rumore di inseguimento. Non si sente niente. Esausta e ansante, mi chino in avanti e appoggio le mani sulle ginocchia. «Ci siamo riusciti» dico in un sussurro.

«Sì, ce l'abbiamo fatta!» mi fa eco Drew. Preso dall'entusiasmo fa per abbracciarmi, io però mi irrigidisco e lo spingo via. Per nulla infastidito, si mette a ridere come un deficiente – suppongo sia il suo modo di scaricare la tensione.

Dopo aver ripreso fiato, ci inoltriamo nel bosco in cerca di un posto in cui sostare. Scegliamo una piccola radura con un soffice tappeto erboso. Tiro fuori dallo zaino qualcosa da mangiare per entrambi, stando attenta a non esagerare, perché ho idea che dovremo farci bastare gli alimenti presi dalla stiva per un bel po'.

La prima cosa che ho notato di questa terra è il caldo: il sole è tramontato, ma l'aria è ancora piacevolmente tiepida, non come in Inghilterra. «Secondo te, dove siamo?»

«Nel nord delle Colonie. Dobbiamo andare verso sud.»

«E tu lo sai da che parte è il sud?» chiedo scettica.

«Più o meno.»

«Ma che risposta è?»

«L'unica che so darti. Il sole sorge a est, giusto? Mi orienterò in base a quello. Mio padre aveva tante cartine delle Colonie nel suo ufficio. Ci andavo di nascosto per guardarle. Qualcosa mi ricordo ancora.»

«Bene» borbotto. «Spero ti ricordi tutto. Non voglio perdermi in un Paese straniero.»

«Alba, come pensavi di trovare tua sorella?»

«Boh, non ci ho pensato. Prima dovevo arrivare qui.»

«Ecco, appunto» dice mettendomi un braccio intorno alle spalle. «È un bene che sia venuto anch'io.»

Spingo via il braccio. «Antipatico.»

«Vedrai che ho ragione!» E, così dicendo, si allontana per fare una pisciata.

CAPITOLO 10

ALBA

Mi sono appena svegliata e sono già stanca morta. Ho le batterie scariche. Le ossa a pezzi. Sarà il principio di un esaurimento nervoso?

Apro gli occhi: cos'è tutto questo verde? Ah... già. Drew, l'aereo, le Colonie. Merda. Sono nelle Colonie per recuperare mia sorella. Che peso. Un senso d'impotenza, di sconfitta persino, mi pervade. Come faccio a trovarla? E se la trovo, come la tiro fuori di prigione? Basta! Non devo farmi prendere dai brutti pensieri, non serve. Lo scoprirò strada facendo.

Con un gemito, mi tiro su a sedere. Ho le membra intorpidite... ma non è niente in confronto a quel che starà passando Gabby. Lei è qui da quasi una settimana. È forte. Sì, lei è forte... ma se la sua tempra non bastasse, a farla sopravvivere? Certo che basterà. Arriverò in tempo, o almeno spero.

Accidenti! Se continuo a indugiare sui se e sui ma, mi verrà un attacco di panico. Per fortuna c'è Drew. Sta disegnando per terra con un bastoncino.

«Che fai?»

«Oh, ehi!»

Devo averlo spaventato.

«Buongiorno. Dormito bene?»

«Sì» mento. «E tu?»

«Normale. Dormire per terra non è divertente ma ci farò l'abitudine.»

«Che fai?» richiedo.

«Una mappa delle Colonie. Noi siamo qui» risponde indicando un punto col rametto. «Nelle Colonie ci sono solo due piste d'atterraggio. Una è per i rifornimenti, l'altra è dove scaricano i prigionieri. Il nostro cargo è atterrato su quella a nord. Da qui, i rifornimenti vengono distribuiti coi camion alle varie postazioni dei campi di prigionia.» Si gira per guardarmi. «Credo di sapere dove si trova Gabby.»

«Dov'è?»

«I carcerati di Londra finiscono tutti nel campo più a sud, un posto chiamato FloridaLand.»

Osservo il grande schizzo sulla terra secca. «Hai una memoria visiva eccezionale.» Forse con lui riuscirò davvero a trovarla.

Per un istante mi rivolge il suo sorriso da un milione di dollari, poi i suoi occhi tornano seri. «Dobbiamo muoverci. Sarà una lunga camminata.»

CAPITOLO 11
GABBY

Quando mi ammalavo da piccola era papà a curarmi. Si prendeva uno o due giorni liberi dal lavoro. Seduto sul bordo del letto, mi raccontava storie che inventava al momento. Mi veniva la febbre così alta che mi sentivo la faccia in fiamme: allora lui appoggiava sulla mia fronte un panno imbevuto d'acqua gelida. Diceva che ero il suo angioletto e che mi voleva bene. È il ricordo più bello che ho di lui.

«Chi è?»

«Non lo so. L'hanno lasciata nel gabbiotto per quasi una settimana.»

«Così tanto? La odiano proprio.»

Stanno parlando di me? Decido di tenere gli occhi chiusi, perché non ho idea di dove mi trovo. Qualcuno mi sta inumidendo la fronte come faceva mio padre, ma l'acqua non è abbastanza fredda da alleviare il martellare che ho in testa.

A bisbigliare erano due voci femminili. Apro gli occhi, lentamente.

Sono in un posto piccolo, col soffitto di paglia e i muri

fatiscenti. Mi hanno adagiata su un letto… no, non proprio un letto. A tastarlo sembra più un giaciglio improvvisato con un cumulo di stracci. E paglia, forse. China su di me c'è una donna magra coi capelli biondi. Avrà una quarantina d'anni. Indossa i vestiti più laceri che abbia mai visto: jeans corti pieni di toppe e una maglietta verde sbiadito che pende come un sacco dalle sue spalle ossute.

«Ciao. Sai dove ti trovi?» chiede con gentilezza.

«Uhm… nelle Colonie» gracchio, con voce impastata. «Chi sei?»

«Oh povera cara, la beviamo un po' d'acqua, sì?»

Annuisco con gratitudine. Non avevo mai apprezzato davvero l'acqua. È una sostanza a dir poco preziosa. Te ne rendi conto solo quando resti senza. «Grazie» dico, tra un'avida sorsata e l'altra.

«Di niente. Dopo quello che hai passato, è il minimo che possa fare. Mi chiamo Amanda.» La donna si sposta per farmi vedere chi c'è alle sue spalle. «E lei è Claire.»

Ecco la fonte della seconda voce: una bambina minuta dai lunghi capelli rossi che sembrano danzarle intorno alle spalle… come le fiamme da cui mi sentivo avvolta nel mio delirio.

«Ciao.»

«Ciao» la saluto a mia volta. Appena le sorrido arrossisce. C'è una dolcezza nel suo viso roseo che mi ricorda subito Alba quand'era piccola.

«Claire, tesoro, se non torniamo al lavoro saranno guai.» Prima di andarsene con la bambina, la donna mi saluta con un cenno.

Che strano: mi hanno curato senza neanche chiedermi come mi chiamo. Glielo dirò più tardi. Ora faccio fatica a tenere gli occhi aperti.

Quando mi sveglio è già buio. Non so quanto ho dormito. Passo qualche minuto a scrollarmi di dosso l'intontimento. Mi sento tutta anchilosata: a ogni movimento mi fanno male i muscoli. Provo a sedermi, ma la stanza inizia a girare vorticosamente. Mi lascio ricadere indietro. Ho ancora un mal di testa pulsante. Non mi arrendo, voglio alzarmi. Ritento: stavolta riesco a rimanere seduta. Ancora con le vertigini, metto un piede a terra, così forse mi passa il capogiro. Funziona.

La mia vista si sta adattando al buio. Guardo di qua e di là. Faccio fatica a distinguere gli oggetti, ma individuo ciò che mi interessa: la scodella d'acqua è ancora a portata di mano, accanto al giaciglio. Non è vuota come l'avevo lasciata: qualcuno deve averla riempita mentre dormivo. Bevo un lungo sorso. L'acqua è calda e sa di metallico, ma non sono nelle condizioni di lamentarmi.

Lentamente mi giro anche con l'altra gamba per avere tutti e due i piedi ben piantati a terra. Usando le braccia, provo a darmi una spinta per alzarmi. Primo tentativo: fallito. Riprovo ancora, e poi ancora, finché non ci riesco. Con passi stentati, raggiungo la porta ed esco all'aperto.

Le stelle sono l'unica fonte d'illuminazione. A Londra non si vedono così bene a causa dell'onnipresente smog. Se riuscissi a dimenticare, anche solo per un momento, dove sono e perché, mi fermerei volentieri a godermi lo spettacolo; invece abbasso lo sguardo e proseguo inciampando sul terreno sconnesso. Voglio dare un'occhiata in giro. E poi, c'è una bella arietta fresca che mi scoraggia dal rientrare subito.

A guidarmi è il bagliore di un falò. Quando sono vicina, distinguo le sagome delle persone radunate intorno ad esso. Al pensiero di incontrarle sono contenta e al contempo nervosa: ho sentito brutte storie su chi viene deportato nelle Colonie. Ma dopotutto, ci sono finita anch'io. E se io non sono una criminale, può darsi che non lo siano neanche loro.

Il mio arrivo non passa inosservato: tutti si girano a guardarmi come fossi un'intrusa, interrompendo all'istante le loro conversazioni. Alcuni rimangono imbambolati a fissarmi; altri, dopo una prima occhiata, trovano qualcosa di più interessante da osservare per terra.

Una persona si stacca dal gruppo per venirmi incontro: è la donna che mi ha curata. Amanda, mi sembra di ricordare.

«Ciao, cara. Non hai una bella cera.» Mi supera e si volta ad aspettarmi: «Vieni, ti riaccompagno a letto».

La seguo senza fare storie. «Mi dispiace di avervi interrotto» le dico, anche se di fatto sono più confusa che dispiaciuta.

«Non ti preoccupare. Stavamo per andarcene tutti a dormire.»

So distinguere le bugie, ma lei è così gentile con me che preferisco non contraddirla. Camminiamo in silenzio fino al mio alloggio: ora che ho gli occhi abituati al buio, vedo che è una capanna in mezzo ad altre capanne. Entro, ma quando mi giro per salutarla, Amanda è già tornata sui suoi passi.

C'è qualcosa che non va in questa gente. O forse i deportati sono proprio così. Se riuscirò a tornare a casa, chi mi ha fatto finire qui se ne pentirà amaramente.

CAPITOLO 12
GABBY

Stamattina c'è un notevole miglioramento: il mio mal di testa si è ridotto a un sopportabile battito sulla tempia e anche il resto del mio corpo sembra ben disposto a collaborare. La passeggiata di ieri sera mi ha fatto bene.

Qualcuno dev'essere stato qui poco fa: la scodella è di nuovo piena d'acqua; in più ci sono del pane raffermo e un piatto di pappa d'avena – o una zuppa molto simile. In Inghilterra la pappa d'avena è roba da poveri. Ci sono stati periodi in cui Alba e io abbiamo tirato avanti a pappa d'avena, altri in cui non potevamo permetterci neanche quella. Non sa di niente, ma nel mio mondo mangiare è una questione di sopravvivenza, non di piacere.

Ingerisco tutto alla svelta ed esco, ritrovandomi in un fiume di gente: vanno tutti nella stessa direzione. Incuriosita, mi lascio trasportare. Sembra un percorso che fanno abitualmente. Tra loro chiacchierano; con me, come ieri sera, non spiaccicano parola, né mi degnano di un'occhiata. Francamente, la loro ostilità nei miei confronti contribuisce a farmi odiare ancora di più questo posto.

Dopo quasi un'ora, ci fermiamo in un aranceto

enorme: file e file d'alberi si allungano ordinatamente fin dove spazia lo sguardo. Quand'ero bambina, mio padre ci comprava le arance ogni volta che le trovava; poi sono diventate un lusso inaccessibile.

Siamo in una radura ad aspettare non so cosa.

La risposta non tarda ad arrivare: una macchina punta dritto in nostra direzione, suona tre volte il clacson per farci levare di mezzo, inchioda, la portiera sinistra si spalanca e ne salta fuori il conducente. Alto, tarchiato, moro con gli occhi castani, indossa una specie di uniforme. Con fare tutt'altro che rassicurante, si piazza davanti a noi e inizia a sbraitare ordini.

«Oggi non ci sarà da divertirsi. D'altronde, non siete nelle Colonie in vacanza!» esclama ridendo da solo. «Rimarrete qui fino a sera e mi aspetto che ogni cesta sia piena fino all'orlo» aggiunge, indicandone una pila in fondo alla radura. «Al lavoro!»

A quanto pare sono l'unica sconcertata, perché gli altri si muovono senza fiatare come in una danza sincronizzata. Vedo che si dividono in gruppi, e ogni gruppo si dirige verso una precisa area dell'aranceto. C'è chi si arrampica sugli alberi per staccare le arance in alto, chi resta giù per metterle nelle ceste. Visto che nessuno mi dice niente, scelgo io un gruppo che mi sembra abbia più bisogno di aiuto degli altri.

Due generazioni fa, l'Inghilterra non doveva importare gran parte della frutta e verdura che consuma, come adesso. Col progressivo scioglimento dei ghiacciai al nord, la Corrente del Golfo si va indebolendo e di conseguenza il clima inglese è sempre più rigido. Delle lezioni a scuola non ricordo altro. Alba è la secchiona di famiglia; io non mi sono mai impegnata più di tanto nello studio, perché ho sempre saputo che sarei stata assegnata alla carriera mili-tare. Ero convinta che l'Inghilterra importasse la frutta e la verdura con regolari scambi commerciali. Evidentemente, mi sbagliavo. L'amara verità è che il nostro governo consente di usare i carcerati come schiavi per coltivarla.

Il lavoro è più duro di quanto sembri: staccare le arance richiede un certo sforzo, e io sono ancora troppo debole per poter resistere a lungo al ritmo di raccolta del gruppo.

«Non si fa così» dice una ragazza, raggiungendomi. Dev'essersi accorta che faccio fatica. «Non tirare. L'arancia si stacca facilmente se la giri su se stessa. Così, vedi?»

«Grazie» rispondo con un sorriso.

«Te l'ho detto solo perché ci sei utile se non ti stanchi. Non c'è tempo per le chiacchiere.» Dopodiché torna al lavoro.

Il resto della giornata trascorre senza inconvenienti. Mi impegno a raccogliere più arance che posso anche se mi hanno isolata. All'ora del tramonto abbiamo riempito tutte le nostre ceste e qualcuna in più. Sono sfinita.

Di ritorno al "campo" – così chiamano l'agglomerato di capanne in cui alloggiamo – sto per entrare nella mia capanna, quando ho la netta impressione di essere osservata. Mi guardo intorno. Non vedo nessuno. Allora faccio il giro della capanna, ed eccola lì: la bambina che ho conosciuto ieri si nasconde come può dietro un cespuglio.

«Sei Claire, giusto?» le chiedo dolcemente, e quando annuisce: «Perché mi segui?». Per tutta risposta, si limita a guardarmi in silenzio con quei suoi grandi occhi espressivi. Mi chino per essere faccia a faccia con lei: «Claire, dov'è la tua mamma? Non sarà preoccupata per te?».

«La mamma non c'è più. Amanda è al falò. E Jer è a casa.»

Povera piccola. Avevo dato per scontato che sua madre fosse Amanda. «Chi è Jer?»

«Mio fratello.»

«Su, andiamo» dico offrendole una mano. «Fai strada. Ti accompagno da lui.»

Senza esitare la bambina mi prende per mano. Camminiamo in silenzio. All'improvviso mi chiede: «Perché non possiamo parlarti?».

Ah sì? *Non possono* parlarmi? Dunque non è solo bieco bullismo nei confronti di una nuova arrivata. «Magari lo sapessi!»

«Io non ci credo che sei cattiva. I soldati ti hanno messa nel gabbiotto per sbaglio.»

Ecco spiegato perché mi evitano: pensano che io sia un'assassina, o qualcosa del genere. Il comandante del distretto mi odia proprio. Ma ciò che ho fatto era davvero così terribile da meritarmi questa condanna? Che razza di persona orribile se la merita?

Claire si ferma: siamo arrivate. La sua capanna è identica alla mia... eccetto per il ragazzo accigliato lì davanti. Mi accorgo che sta fissando la mano di Claire nella mia.

«Claire! Vai dentro» tuona.

«Ciao, tu devi essere Jer» esordisco, mentre la bambina si affretta a obbedire. «Ho trovato tua sorella vicino al mio alloggio. L'ho solo accompagnata a casa.»

«Chiamami Jeremy» puntualizza lui, sempre più ostile. «Solo gli amici mi chiamano Jer. E stai lontana da lei.» Poi sparisce nella capanna.

Sono allibita. Che stronzo. Però... però ha uno sguardo magnetico da farti venire la pelle d'oca e la mascella non rasata più sexy che abbia mai visto.

Questo posto, con questi balordi, finirà per uccidermi. Torno alla mia capanna e mi butto sul giaciglio, esausta. Per molti anni non ho avuto vita facile. Ma qui è diverso. Qui me l'hanno portata via, la mia vita.

.

CAPITOLO 13

ALBA

Settimane? Giorni? I miei piedi gridano vendetta: mi sento come fossimo in marcia da settimane, anche se sono trascorsi solo pochi giorni. Non sono abituata a marciare. Sono stanca morta. Al contrario, Drew regge bene. Faccio fatica a tenere il suo passo. Ogni tanto resto molto indietro e mi tocca chiamarlo perché mi aspetti. Stiamo andando a sud, almeno in teoria: né io né lui abbiamo mai fatto un corso di sopravvivenza, e un po' tiriamo a indovinare.

Provo tristezza a vedere ciò che resta di una cultura e di un popolo spariti dalla faccia della Terra. Il paesaggio naturale di valli e foreste ha inglobato costruzioni in rovina e strade dissestate. Ieri abbiamo costeggiato una vecchia città abbandonata. Un vero disastro. In Inghilterra insegnano che le Colonie se la sono cercata, che si sono autodistrutte. Furono avvertite dell'incombente siccità, ma scelsero di ignorare l'allarme. L'aumento del riscaldamento globale era infatti evidente agli occhi di tutto il mondo; le Colonie furono tra i Paesi che non fecero nulla per contrastarne gli effetti, dominate com'erano dalla corruzione e dall'avidità. Quella scelta fu il punto di non ritorno: la situazione degenerò in carestia, guerra e pestilenza, causando infine la morte della nazione.

Ormai si sta facendo buio, così decidiamo di fermarci tra le rovine di un edificio. Dei muri perimetrali, solo uno non è crollato del tutto; si erge ancora, poco più alto di me. Probabilmente l'intera struttura era di calcestruzzo. Passando dal vano che doveva essere la porta d'ingresso, mi appoggio a una parete parzialmente franata. Una nuvoletta di polvere mi esplode tra le dita: il vecchio rivestimento di gesso cede come niente. Drew mi segue in silenzio. Stavolta, quando mi mette una mano su una spalla, non lo respingo; anzi, ne traggo conforto.

Sul pavimento, noto l'immagine di un'aquila testa bianca, circondata da stelle bianche su fondo blu e strisce bianche e rosse. Ha un che di maestoso che mi induce a non calpestarla. Faccio per tornare indietro, ma Drew mi blocca: «Lo senti?».

Resto in ascolto. Sento uno schiocco, come di un ramo che si spezza.

«Arriva qualcuno.»

«Un animale?»

«No.» Mi indica una luce che si muove in nostra direzione. «Resta qui. Vado a vedere.»

«No, Drew!» lo richiamo a bassa voce. «Non lasciarmi qui da sola!»

Inutile: è già sparito. Tolgo lo zaino dalle spalle e mi rannicchio ad aspettarlo vicino alla parete mezzo franata.

Il tempo passa, lui non torna.

All'improvviso avverto una presenza sconosciuta. Tutto si svolge in pochi secondi: il rumore di passi strascicati, un fascio di luce che mi abbaglia, la mia mano che si alza per ripararmi gli occhi, l'immagine tra le dita di una sagoma maschile, i suoi occhi venati di follia...

«Drew!»

«Stupidi Inglesi!» grida l'uomo con fare rabbioso.

Scatto in piedi e scappo, ma quello mi afferra da dietro per la felpa e mi inchioda al muro con una mano alla gola. Il forte impatto sul gesso solleva tanta polvere, ne ho la bocca e le narici intasate. Inizio a tossire furiosamente.

«Non dovevate venire in questa stanza!» ringhia l'aggressore, aumentando la stretta. «Lunga vita agli USA!»

Mi sforzo di gridare, ma ogni mio grido si spegne prima di arrivare alle labbra. Non respiro più. Inutile scalciare. Inutile prendere a pugni le sue braccia. Mi gira la testa. Il buio incombe. Chiudo gli occhi, mi sento svenire… e invece no: in un batter d'occhio la pressione sulla gola viene meno, annaspo in cerca d'aria, l'uomo casca con un tonfo e scivolo giù anch'io, stremata dalla lotta.

C'è Drew. La torcia caduta all'aggressore è rimasta rivolta verso l'alto. Il fascio di luce investe le dita di Drew strette intorno a una pietra sporca di sangue. Lui ha un'espressione assente. «L'ho ucciso», sussurra.

Mi scosto dal corpo riverso sul pavimento; con goffaggine mi alzo in piedi e recupero lo zaino. «Andiamo via. Vieni, Drew.» Lo guido gentilmente fuori dalla stanza dell'aquila. Appena siamo all'aperto, gli tolgo di mano la pietra e la getto in mezzo ai cespugli. Camminiamo finché non mi sembra che ci siamo allontanati abbastanza da quelle maledette rovine.

Drew tace. Dall'orrore nei suoi occhi intuisco che è in preda a una tempesta di emozioni. Gli dico di sedersi e, dopo avergli fatto bere dell'acqua, uso il resto della bottiglia per lavare via il sangue dalla sua la mano. Poi istintivamente lo abbraccio e lascio che sfoghi il suo dolore con un pianto silenzioso sulla mia spalla.

«Dobbiamo spostarci» mormoro, quando si è calmato. «Forse non era solo.»

«L'ho ucciso.»

«Lo so.» Lo accarezzo sulla testa. «Ma così mi hai salvato la vita.»

«Dovevo. Ci siamo dentro insieme, no?» Mi porge la mano col palmo rivolto in alto.

«Sì Drew, ci siamo dentro insieme.» Con un sorriso poso il mio palmo sul suo e lui intreccia le sue dita con le mie.

Gabby è stata a lungo l'unica persona che contasse davvero per me. Adesso lei non c'è. Adesso c'è Drew. Non sono sola. Mi torna in mente cosa pensa lui di suo padre e mi domando se a Londra soffrisse di solitudine. Per me e Gabby era una continua lotta per la sopravvivenza, ma almeno non avevamo questo peso.

Il tormento non lo abbandona. Quando ci rimettiamo in marcia continua a tenermi per mano, come aggrappandosi a me per sfuggire agli orrori della notte.

CAPITOLO 14

ALBA

Non si può sfuggire ai propri demoni. Ti accompagnano ovunque vai. Ma uno ci prova lo stesso, a schivarli. Camminiamo tutta la notte per allontanarci il più possibile dal luogo del delitto. Solo l'alba ci persuade a fermarci: la luce del giorno ci fa sentire più al sicuro.

Riesco a dormire poche ore. Quando mi sveglio trovo Drew intento a rovistare nel suo zaino: presumo stia tirando fuori del cibo per entrambi. Qualcosa è cambiato tra noi. La fiducia, credo, inizia ad aumentare. È già aumentata. Non so, mi sembra di essere meno diffidente di prima. A momenti non ricordo neanche più che l'ho sorpreso a tradire mia sorella. Forse stiamo diventando amici. O forse è solo empatia: lo sguardo nei suoi occhi dopo avere ucciso quell'uomo resterà con me per tutta la vita. Comunque sia, non è insensibile come pensavo.

«Alba, ho qualcosa per te.»

Sul palmo della sua mano non c'è lo snack di carne secca che mi aspettavo, ma un braccialetto con un ciondolo a forma di cuore. Perplessa, sto per declinare l'offerta, quando noto la scritta sul cuore: *Sorelle*.

«Mi sono ricordato solo adesso di averlo portato. Gabby l'aveva lasciato in macchina. È per te.»

Ho un nodo alla gola e gli occhi già inondati di lacrime. Ecco perché mia sorella è finita nelle Colonie. Deve averlo rubato per me. Lo infilo al polso: mi va alla perfezione.

«Gabby ci teneva al tuo compleanno.»

«Grazie, Drew. Non hai idea di quanto significhi questo per me.»

Mi asciugo la faccia con la manica e gli sorrido, accettando il suo aiuto per alzarmi. Per un attimo siamo viso a viso. Vicinissimi. Ma è ora di rimettersi in marcia. Mia sorella ha bisogno di me. Anzi no, di noi.

CAPITOLO 15

ALBA

U n'altra strada dissestata e abbandonata. Che
sorpresa. In questo posto sembra tutto uguale. Sono
stufa di camminare nei boschi e nei campi. Non riesco a
quantificare la distanza che abbiamo percorso. Mi sembra
che non ci stiamo avvicinando minimamente alla meta. Eh
sì, voglio lagnarmi, perché sono proprio stufa.

Uno scintillio nell'erba a margine della strada attira la
mia attenzione. «Drew! Vieni a vedere.»

Lui si volta e torna indietro. «Cos'è?»

Un sottile strato di terra polverosa copre un oggetto
piatto di metallo. Provo a sollevarlo, ma è troppo pesante
per me.

«Sembra la portiera di una macchina» continua Drew.

Ha ragione: spazzando via lo strato di terra, trovo la
maniglia. Sulla portiera c'è una scritta. Incuriosita, tolgo il
fango con le unghie finché non si legge: UNITED STATES
POSTAL SERVICE.

«Lunga vita agli USA» dico con un fil di voce.

«Eh?»

«L'ha detto l'uomo di ieri.»

«Pensi fosse un Americano?»

«Si dice che siano tutti morti.»

«E allora chi era?»

«Boh.»

Uno strano rumore ci fa girare di scatto. Proviene da in fondo alla strada. Siamo troppo esposti: decidiamo di proseguire a passo lento, così forse non desteremo sospetti in chi sta arrivando.

Ben presto però è evidente che il nostro stratagemma è del tutto inutile.

«Scappa! Corri Alba!»

Drew mi tira per un braccio, ma io sono come paralizzata a fissare il bestione che si avvicina. È un orso marrone. Inizio a correre solo quando punta dritto verso me.

La strada è piena di sassi che scivolano sotto i miei piedi. Un'improvvisa fitta di dolore alla caviglia mi fa ruzzolare per terra. Quando Drew si rende conto che non lo seguo più, l'orso mi ha quasi raggiunta. Provo ad alzarmi, ma il dolore è insopportabile. Tastando il terreno senza staccare gli occhi dall'animale, raccolgo dei sassi e glieli lancio. Non serve a niente. Drew mi chiama, sta tornando indietro, ma so già che non arriverà in tempo.

La belva si solleva sulle zampe posteriori ed emette un primo, lungo bramito. Chiudo gli occhi, tremo tutta, le lacrime mi rigano il viso. È finita. Stringo i denti in attesa di una zampata letale.

Aspetto. Aspetto… I bramiti cessano di colpo.

«Ehi bestiaccia! Alla fine ho vinto io!»

La voce non familiare mi strappa all'incubo. Quando oso riaprire gli occhi, l'orso giace a terra con una grossa freccia conficcata in gola. Il nuovo arrivato lo guarda con un sorriso che va da un orecchio all'altro.

C'è anche Drew: senza fiato, fissa lo sconosciuto tra il

sollevato e il diffidente – in effetti, dopo l'aggressione di ieri non possiamo fidarci di nessuno. «Chi sei?» gli chiede.

«Be', potrei farvi la stessa domanda» risponde l'altro con un accento che non ho mai sentito prima. «Sono Anderson, Samuel Anderson. Chiamatemi Sam. E lei è Beth» dice dando un colpetto all'orso col piede. «Seguo le sue tracce da giorni. Grazie per averla fatta uscire allo scoperto! Ora vi porto da Ma'. Lei darà un'occhiata alla tua gamba, piccola lady.» Mi raggiunge, si china e mi prende per un braccio, poi guarda Drew: «Ehi tu, non restare lì impalato! Aiutiamo la signorina ad alzarsi».

Sorrido, nonostante la brutta situazione. Col loro aiuto, riesco a saltellare fino a una macchia di alberi ai margini della strada.

«Dove andiamo?» chiede Drew.

«All'accampamento. Non è lontano.»

Dopo circa mezz'ora, raggiungiamo una specie di cottage costruito alla bell'e meglio. Solo a vederlo mi mette di buon umore: da quando siamo nelle Colonie non abbiamo mai avuto un tetto sotto cui ripararci, il che iniziava a pesarmi, specialmente di notte e con la pioggia.

Mentre ci avviciniamo, una donna appare sulla soglia. Ha le mani sui fianchi e il viso accigliato. «Samuel Anderson! Dove sei stato? Eravamo in pensiero!»

Eravamo? Quanti sono lì dentro? Sarà gente ospitale? Ho una sensazione sgradevole alla bocca dello stomaco.

«Ma'! Ce l'ho fatta! Ho trovato Beth. Manda Lee e Jessie a prenderla. È a circa un miglio da qui, lungo la strada.»

Finalmente la donna dà segno di essersi accorta di me e Drew: «Oh no-no-no-no-no!» dice con fare esasperato. «Chi sono questi? Non vogliamo fuggitivi qui. Un giorno ci farai ammazzare, Sam.»

«Siete schiavi?» ci chiede lui.

«No» risponde Drew seccato.

«Vedi Ma'? Va tutto bene. Questa piccola lady ha bisogno delle tue cure. Beth stava per sbudellarla, quando li ho trovati.»

Ma' sospira e ci fa cenno di seguirla. All'interno, mi indica un tavolo. Drew mi aiuta a salire e a distendermi, scopre la mia caviglia dolente rimboccandomi l'orlo dei pantaloni e si fa da parte, lasciando il posto a Ma'.

«Dimmi dove ti fa male» dice lei, prima di iniziare a tastarmi caviglia e piede in vari punti.

«Lì!» trasalisco.

Allora mi afferra delicatamente il piede, lo fa ruotare a sinistra e a destra, descrivendo cerchi interi. Il dolore è intenso ma sopportabile.

«Non è rotta. È solo una storta. Devi stare a riposo per qualche giorno. Per il dolore non possiamo fare niente.» Detto questo, esce dal cottage.

«Dunque rimarrete qui per un po'» dice Sam allegro. «Sarebbe utile sapere i vostri nomi.»

Drew mi guarda e io annuisco. «Mi chiamo Drew e lei è Alba.»

Sam sorride. «Bene, adesso che ci siamo chiariti possiamo andare a mangiare.»

CAPITOLO 16

GABBY

Sono al limite della sopportazione. Non è per il lavoro: con quello ce la posso fare. Non è neanche per lo squallore della vita al campo: ci sono abituata, alla miseria. Sono le persone, che mi danno fastidio. Un nuovo arrivato dovrebbe essere accolto e aiutato. Cioè, siamo tutti nella stessa barca, no? E poi, non è che io possa andarmene. Dovranno comunque abituarsi alla mia presenza.

Mi sono appena svegliata. C'è ancora del cibo accanto al mio giaciglio. Strano. Qui non si fa di certo il servizio in camera. Vorrei tanto sapere chi si preoccupa di portarmi da mangiare. È la stessa sbobba di ieri, ma che importa.

Mentre mangio, una massa arruffata di capelli rossi compare sulla soglia della capanna. Un secondo dopo, Claire è di fianco al giaciglio a fissarmi senza dire niente.

«Buongiorno Claire» la saluto con la bocca piena.

«Vieni? Non volevo entrare subito.»

Deve riferirsi a ieri sera. A sentire suo fratello, dovrei starle alla larga. Ma che ci posso fare, se è lei che viene da me? Per di più, la sua compagnia mi fa piacere. Finisco di mangiare alla svelta e raggiungiamo gli altri.

Oggi è tale quale a ieri: andiamo a piedi all'aranceto e passiamo tutto il tempo a raccogliere arance. Stavolta ciascuno deve riempire alcuni cesti in più, perché, a quanto dicono i sorveglianti, è in arrivo un temporale. E che sarà mai un po' di pioggia? Da dove vengo io è la normalità.

Nel tardo pomeriggio il ritmo di raccolta è parecchio rallentato: siamo tutti esausti per il gran caldo. Sto lavorando con Claire sull'ultimo albero della giornata. Mentre raccolgo le arance sui rami bassi, lei si è arrampicata per buttarmi giù quelle in cima.

All'improvviso lancia un grido. Vado subito in un punto da cui posso vederla bene tra le frasche. Altri guardano in nostra direzione; i più vicini vengono a vedere cosa succede.

«Claire, stai bene?»

«Ho un piede incastrato! Mi fa male!»

Ha paura, si sente da come le trema la voce. Quel che mi preoccupa di più, però, è il nido di vespe che pende alla sua destra, poco più in basso.

«Cosa c'è? Claire si è fatta male?» chiede Amanda arrivando a passi svelti.

«No, è solo spaventata. Bisogna tirarla giù senza toccare il nido di vespe. È lì, lo vedi?»

Lei sgrana gli occhi appena nota quant'è grande.

«Vado su.»

«Aspetta, non c'è un altro modo?»

Con un'occhiata determinata la faccio desistere da ogni discussione.

«Va bene. Stai attenta» mi raccomanda.

«Claire!» la chiamo. «Ora salgo a prenderti. Stai tranquilla.»

Sono sempre stata brava ad arrampicarmi sugli alberi, e infatti la raggiungo in pochi minuti. Con gli occhi gonfi dal pianto mi indica il nido di vespe. Accidenti, speravo non se ne fosse accorta. Prendo il suo piede e con più delicatezza possibile lo muovo avanti e indietro per disincastrarlo. Quando finalmente ci riesco, l'albero si scuote leggermente.

«Dai, ora scendiamo. Vai che ti seguo.»

Claire fa come le ho detto e arriva giù senza problemi. Quanto a me, ho sempre trovato più difficile scendere da un albero che salire. Sono quasi arrivata anch'io, quando sento un ronzio poco simpatico. Una vespa mi punge su un avambraccio. Un'altra su un polpaccio. Più mi agito, più le ho addosso. Ogni puntura fa un male cane. D'un tratto mi cede un ginocchio, perdo l'equilibrio e casco nel vuoto.

CAPITOLO 17
GABBY

Mi sento una deficiente: ho *di nuovo* bisogno di cure. Qualcuno mi bagna *di nuovo* la fronte con una pezza imbevuta d'acqua fresca. E *di nuovo*, quando apro gli occhi, scopro che quel qualcuno è Amanda.

«Claire, gioia, vieni! Si è svegliata.»

La bambina si affaccia alla porta, mi guarda un attimo, come per sincerarsi che sono viva e vegeta, e con un gran sorriso viene di corsa ad abbracciarmi. «Grazie per avermi aiutata! Che bello che stai bene.»

«Sono svenuta? Per quanto?»

«Sì, per un paio d'ore» risponde Amanda. «Sei stata fortunata. Quando sei caduta ti abbiamo presa al volo. Non ti hanno punto tante vespe. Ti ho messo un impiastro d'argilla sui pomfi. Stavamo per andare a cena. Ti va di venire?»

Rido con sollievo. «Grazie di tutto. Sì, vengo volentieri. Iniziavo a credere di stare in albergo, col servizio in camera e tutte le tue attenzioni.»

Amanda mi aiuta ad alzarmi e ci fa strada. Claire mi

tiene per mano. Ci inseriamo in un gruppo che va nella stessa direzione.

Dopo l'evento di oggi, speravo che ci sarebbe stata almeno una piccola apertura nei miei confronti. Macché. Ancora una volta, nessuno mi parla, e se qualcuno mi guarda lo fa con più diffidenza di prima.

Arriviamo nel posto dove si mangia tutti insieme: è dove c'era il falò l'altra sera, la prima volta che mi hanno fatto sentire un'intrusa. Su un tavolo traballante, sono disposti vassoi di cibo insieme a piatti e scodelle malconci. Di posate, neanche l'ombra. Prendo un piatto, mi servo e vado a sedermi per terra, come tutti. Mangio pane raffermo, che a quanto pare accompagna ogni pasto, e del pesce affumicato che non sa di granché, ma ho talmente fame che non me ne può fregar di meno.

Sono in pochi a parlare – solo brevi conversazioni sussurrate – e ho la netta impressione che sia per causa mia. Le loro continue occhiate mi bruciano dentro, mi fanno incazzare, non li sopporto più. Claire fa per imitarmi quando mi alzo, pensa che stia andando via, ma le faccio cenno di starsene lì buona. In effetti sì, ho intenzione di andare via. Prima però voglio che mi ascoltino, queste pecore.

«Ehi! Dico a voi!» grido per catturare l'attenzione. «Cos'avete tutti? Guardatemi! Ho detto: guardatemi! Non so cos'abbia fatto per essere trattata come una lebbrosa, ma ne ho abbastanza. So che ha a che fare con quel dannato gabbiotto. Io non so neanche perché mi hanno portata qui. Ho solo rubato un braccialetto ai grandi magazzini. E ho dato una testata a un soldato. Ma per la miseria, non ho ucciso nessuno! Ma a voi non importa un cazzo, vero? Pronto? Ehi? Mi sentite? Siamo tutti nella stessa situazione! Nel caso non ve ne siate accorti, siamo tutti fottuti. Non posso andare via io, e neppure voi. Oggi ho rischiato di rompermi l'osso del collo per aiutare Claire, e sapete perché? Perché lei e Amanda sono le uniche qui dentro ad avere un briciolo di misericordia. Voi altri dovreste solo vergognarvi! E comunque, io mi chiamo Gabby.» Detto ciò, me ne vado senza permettere a Claire di seguirmi. Per la prima volta da quando sono al campo, voglio restare sola.

Gironzolo un po' prima di tornare alla mia capanna. Mi stendo sul giaciglio a fissare il soffitto e sognare a occhi aperti Londra, mia sorella, mia madre e mio padre. Cosa non darei per essere in compagnia di Alba. Lei era tutto per me, e io per lei. Cerco inutilmente di trattenere il pianto. Non sono mai stata una dal pianto facile, ma neanche così disperata come adesso.

Nel frattempo ha iniziato a piovere: sento le gocce tamburellare sul tetto. Vado alla porta per guardare fuori. È una meraviglia, come se il cielo fremesse di vita propria. Il primo rombo di tuono mi fa sobbalzare. Avrei dovuto aspettarmelo dal lampo che l'ha preceduto di poco. Adoro i temporali. Adoro quando il cielo è scuro e viene squarciato da una luce che illumina il mondo per un secondo appena. I temporali spaventano Alba. Quante volte si è rintanata in un angolo, quante volte l'ho abbracciata per farle coraggio!

Senza rendermene conto sono uscita sotto la pioggia torrenziale. Presto si formerà un pantano. Rimarranno in piedi le capanne? Chi se ne importa. Sollevo il viso al cielo, allargo le braccia e faccio una giravolta. Meravigliosa, la sensazione della pioggia tra i capelli e sulla faccia. A Londra piove acqua fredda, a volte gelata; qui, è acqua che rinfresca, che dà sollievo. Voglio godermi questa sensazione il più possibile: mi sdraio nel fango, non fa niente se mi sporco tutta, chiudo gli occhi e rimango così. Per la prima volta da quando sono arrivata, mi sento veramente in pace.

«Gabby?»

Apro gli occhi: il fratello di Claire, Jeremy, mi sta fissando. È grondante d'acqua, la maglietta fradicia appiccicata al torace ne mette in risalto i muscoli ben definiti. «Che c'è?» grido per farmi sentire sopra il rumore del temporale.

«Cosa fai? Non lo senti, il vento? Questo è un uragano! Torna dentro!»

«No! Voglio stare qui.» Richiudo gli occhi, ma lui mi tira su di peso. «Ehi! Ma che fai? Mettimi giù!» Lotto per fargli mollare la presa, ma non c'è verso. «Ti sei rincoglionito? Lasciami! Ti ho detto di mettermi giù!»

Mi rimette a terra solo dopo aver chiuso la porta della sua capanna. «Ti sto salvando la vita.»

«Ah sì? Per un po' di pioggia non si muore!»

«Questo è un uragano, non una pioggerella inglese. Il vento è forte, sradica le piante, solleva gli oggetti. Se per miracolo non ti cade addosso niente, c'è sempre il rischio di buscarti la polmonite. Soprattutto se stai sotto la pioggia di proposito. Non ci sono medicine per la tua stupidità.»

Accidenti. Mi ha smontata per bene. E adesso, che ha da fissarmi?

«Togliti i vestiti.»

«Scusa?» Incrocio le braccia.

«Rilassati. Non è per la mia libidine. Sei inzuppata d'acqua. Tieni questa» dice lanciandomi una coperta, «sennò ti ammali. Intanto accendo il fuoco». Prima però si volta di spalle e in pochi secondi si è già spogliato e avvolto in un'altra coperta.

Faccio come ha detto, tenendo gli occhi fissi sulla sua schiena, per essere sicura che non si giri. È seduto vicino al

MICHELLE LYNN

pozzetto del fuoco, al centro della capanna. Mentre sta ancora armeggiando coi legnetti e la pietra focaia, mi siedo di fronte a lui, ben infagottata nella mia vestaglia di fortuna.

Quando il fuoco attecchisce, la luce delle fiamme prende a danzare sui suoi zigomi prominenti. Negli occhi ha come delle pagliuzze dorate. Non è bello come Drew, ma coi suoi modi spicci e l'aspetto di chi è abituato ai lavori pesanti all'aria aperta, è parecchio intrigante. Quale sarà la sua storia? Perché lui e sua sorella sono finiti qui?

«Sai, non sono mai stata sollevata da un uragano» dico, tanto per rompere il ghiaccio.

Mi fissa un attimo divertito, e poi: «Non saresti più tra i vivi a raccontarlo, no?».

È vero, ho detto una scemenza. Mi stringo nella coperta. Meglio se sto zitta.

«Bel discorso, prima.»

Mi prende in giro? «Guarda che dicevo sul serio, ogni parola.»

«Lo so. Ma tu non capisci.»

«Capire cosa?» Non sono dell'umore adatto per subire una sgridata come una scolaretta.

«I nuovi arrivati, a volte… be', noi non ci fidiamo, specialmente se finiscono direttamente nel gabbiotto della tortura come te. Lì dentro infilano solo i criminali veri: gli assassini e gente così.» E dopo un momento: «Appena escono, succede sempre che se la prendono con noi.»

«Come?»

«Prima fanno la spia. Dicono ai sorveglianti tutto quello che facciamo e diciamo. Alla fine diventano loro i sorveglianti. Noi li chiamiamo "collaboratori". Ci stanno sempre col fiato addosso.»

«Non lo sapevo.» Però non mi sento affatto in colpa per il mio discorsetto. Non sono una criminale, io.

«Già.»

62

Restiamo in silenzio per quel che sembra un'eternità. Sono più che consapevole del fatto di indossare solo una coperta logora. Non sono una timida, ma lui mi manda in confusione.

«Dunque» riprende Jeremy, «hai rubato un braccialetto?».

«Sì, era il regalo di compleanno per mia sorella.» Se quasi tutti quelli che sono qui non sono criminali incalliti, allora chi sono? Alcuni di sicuro ladruncoli come me, ma Claire, ad esempio, non c'entra niente con questo posto. «E tu? Perché sei nel campo?»

«Ci sono nato. Anche Claire. Nostra madre è finita qui per aver avuto una relazione clandestina con un ufficiale d'alto rango. Era incinta di me.»

Nati in prigione? Non ho parole. Per fortuna arriva Claire a togliermi dall'imbarazzo.

«Ciao!» dice sedendosi in un angolo. È bagnata fradicia, ma sembra non farci caso.

«Non ti avevo lasciato da Amanda?» la sgrida Jeremy.

«Sì, ma non mi andava di restare. Allora ho fatto un giro. Poi avevo freddo e sono tornata a casa.»

Jeremy sospira. «Mettiti vicino al fuoco, che ti asciughi.»

Mi alzo per prendere una coperta per lei, ma Jeremy ha fatto la stessa pensata, perché mi ritrovo fra i suoi piedi e finiamo per darci una capocciata.

«Uh, scusa. Tutto bene?» chiede lui.

«Sì, non è niente.»

Non sembra molto convinto. Appoggia due dita sulla mia fronte e la tasta con delicatezza. Il calore del suo respiro, del suo corpo così vicino, mi fa venire i brividi lungo la schiena. Senza volerlo allento la presa sulla coperta, che inizia a scivolarmi giù da una spalla, ma svelta la riafferro e Jeremy, con gli occhi piantati nei miei, la spinge su lentamente dov'era prima. È in ombra, non lo vedo bene in faccia. Ancora una piccola esitazione, poi indietreggia di un passo e si volta per far mettere all'asciutto Claire.

«Domattina mi sa che avrai un bernoccolo» dice, mentre sto ancora trattenendo il respiro per la forte emozione.

Claire inizia a raccontare una storia che ha sentito da Amanda. Faccio del mio meglio per stare attenta. Serve a distrarmi dalla sensazione di farfalle nello stomaco.

Andiamo avanti a parlare per ore, dimentichi della tempesta che imperversa fuori. Più volte mi alzo per tornare nella mia capanna, non voglio approfittare troppo della loro ospitalità, ma non mi lasciano andare. In fondo gliene sono grata: qui con loro due, mi sento a mio agio. Alla fine mi addormento, cullata dal crepitio del fuoco e dal rumore della pioggia e del vento.

CAPITOLO 18
ALBA

Non mangio così bene da anni. Ci hanno dato carne di cervo, pane e anche frutti di bosco freschi. Sto persino bevendo una tazza di tè. Non so ancora chi siano queste persone, né perché ci hanno accolto, ma al momento non mi interessa. Sono contenta di essere seduta qui e di poter godere una sensazione di stomaco pieno che ormai non ricordavo neanche più.

Ma' lava i nostri piatti, poi esce. «Sono tornati!» dice a Sam prima di allontanarsi.

Lui corre fuori.

«Devo seguirlo?» chiede Drew.

«Sì, vai a vedere cosa c'è. Io non posso muovermi per la caviglia.»

Mi aspetto che torni subito; invece arriva Sam.

«In piedi, piccola lady. C'è bisogno di te.»

Con mia sorpresa, si china e mi solleva. Non dico niente perché la sua faccia mi dice di non farlo. Sembra insicuro. Allora capisco: non ha idea di come reagiranno gli altri al fatto che Drew e io siamo qui. Ha corso un bel rischio a portarci dove vive. Questo mi spaventa. Spero che le persone là fuori siano più civili dell'uomo che mi ha aggredita.

Fuori si è radunata una piccola folla. Sam mi aiuta a sedermi su uno dei tanti ceppi disposti nello spiazzo erboso. Alcune persone si siedono, ma la maggioranza resta in piedi e ci fissa. Tanti sembrano incerti su cosa dire o fare; guardandomi intorno, individuo quelli arrabbiati: la diffidenza nei loro occhi è evidente.

«Sam, cos'hai fatto?» tuona uno di questi, facendosi avanti.

«Va tutto bene, Lee. Non sono schiavi, non lavorano per nessun governo. Sono come noi.»

«Come noi?» gli fa eco una donna con scherno. «Sono Inglesi. Ho sentito lui come parla» dice, indicando Drew, che però non sembra preoccupato, anzi, fa spallucce.

«Jessie, andiamo» cerca di rabbonirla Sam, «non sono tutti uguali, e lo sai. Non sono loro che hanno sparato ad Aaron».

La donna gli si scaglia contro fulminea, lui non ha nemmeno l'opportunità di togliersi di mezzo. Il primo pugno lo colpisce alla mascella. Da principio, Sam cerca di evitare la lotta, poi non riesce più a controllarsi: la getta a terra e la inchioda al suolo impedendole di muoversi. Lei continua a urlargli contro, ma ormai, quando Ma' si fa largo in mezzo al gruppo, ha già perso la lotta.

«Basta così» dice Ma' con tono autoritario.

La tensione si smorza. Tutti sembrano ben disposti ad ascoltarla. Sam lascia Jessie libera di alzarsi e lei ha smesso di gridare.

«Non sono d'accordo che Sam abbia portato all'accampamento questi due. Però» continua Ma', alzando una mano come per rimproverare i presenti, «ora che sono qui, sono nostri ospiti e verranno trattati come tali». Quindi si rivolge a me: «Avete tempo finché la tua caviglia non andrà meglio, poi riprenderete la vostra strada». Detto questo, se ne torna al cottage.

La piccola folla si disperde. La guardo andare via. La maggior parte sparisce in un anfratto della roccia che noto solo ora. Dev'esserci una grotta.

Sam e Drew mi raggiungono. Drew si siede, ma Sam resta in piedi.

«Ehi amico, grazie» dice Drew. «Apprezziamo davvero quello che hai fatto per noi.»

«Se intendete restare, dovrete guadagnarvi la pagnotta. Ci serve legna per il fuoco.» Sam s'incammina a passo di marcia.

Drew lo segue senza dire una parola.

CAPITOLO 19

ALBA

"Lunga giornata" non descrive neanche lontanamente cos'è stata oggi. Sono stanchissima. Il tepore del fuoco sulla pelle è una sensazione magnifica. Al contrario, una panca di legno non è affatto un letto comodo; mi consolo ricordando che ho avuto di peggio.

È una bella notte. Attraverso le chiome degli alberi si vede il cielo punteggiato di luci. Le stelle sono una meraviglia. Se non fosse per Gabby, probabilmente non vorrei ripartire mai più. Così pensando, mi addormento.

Un suono di tamburi mi riporta in stato di veglia. Il ritmo è distensivo. Apro gli occhi: è ancora buio. Devono essere le primissime ore del mattino.

«Ehi, dormigliona! Hanno svegliato anche te?» Drew è seduto di fronte, dall'altro lato del fuoco. Quando si avvicina, mi siedo per fargli posto sulla mia panca.

«Cosa fanno?» Mi stropiccio gli occhi per eliminare le ultime tracce di sonno e snebbiarmi la vista: c'è un gruppo disposto in cerchio intorno all'orso morto. Si tengono per mano e dicono qualcosa. Siamo vicini quanto basta per cogliere le poche parole che filtrano attraverso il suono dei tamburi: *Ti preghiamo*.

«Pregano per l'anima dell'orso e ringraziano il Signore per avercelo portato» risponde Lee, che proprio in quel momento sta passando alle nostre spalle. «Roba inutile, per me. Sam ci ha portato l'orso, non un fantoccio onnipotente.»

Sono ancora confusa. Chi è il Signore? E cos'è un'anima? «Tu hai capito qualcosa?»

Drew mi guarda come per decidere cosa dire. Prima di aprire bocca gli ci vuole qualche minuto. «Alba, tu credi in Dio?»

Sono basita: è l'ultima cosa che mi aspettavo uscisse dalle labbra di uno come lui. «Certo che no. È proibito.» Per abitudine ho abbassato la voce. È davvero sciocco da parte mia: qui non c'è nessuno che, se ci sentisse, ci metterebbe in prigione.

«Sì, lo so che è proibito. Non era questo il senso della mia domanda. Credere non è qualcosa che si fa solo perché è consentito.»

«Tu credi!» lo accuso.

«Sì» risponde senza esitazione.

Non so che dire. A Londra ho sentito cosa fanno i Ribelli religiosi. Dei religiosi non bisogna fidarsi, ma solo aver paura. È una questione di buon senso. Buona parte delle guerre nella Storia sono scoppiate a causa di quei mentecatti. Drew sarà uno di loro? Ho bisogno di tempo per pensare. Con fatica, mi alzo sulla gamba buona e mi allontano zoppicando verso il cottage.

«Alba! Per favore, resta e parlami.»

«Avevo deciso di fidarmi di te, ma questo è troppo. Non avrei mai pensato tu fossi così folle.»

«Non puoi credere a tutto quello che ci hanno detto su Dio e i suoi fedeli. Sai già di cosa è capace il nostro governo. Non riesci a immaginare, solo per un secondo, che ci hanno mentito anche su questo?»

«Ho bisogno di stare sola. Non seguirmi.»

Mi siedo per terra, appoggiando la schiena contro la parete del cottage. Come ho potuto essere tanto stupida? Da quando papà è morto, ho consentito a me stessa di riporre fiducia in una sola persona: Gabby. Avrei dovuto continuare così. Certo, probabilmente non sarei andata tanto lontano senza Drew; e certo, non è una cattiva compagnia... ma fidarsi di lui come ho fatto io? Cosa devo fare? Possibile che abbia ragione lui? Chiudo gli occhi e mi strofino le tempie. Quando li riapro, eccolo. Non lo guardo mentre si siede e mi cinge le spalle con un braccio.

«So che hai molto su cui riflettere.»

«E allora perché non mi lasci in pace?» sbotto, pentendomi all'istante. «Scusa.»

Mi accorgo che siamo vicinissimi, e questo mi mette fortemente a disagio. Mi scosto in modo che ci sia più spazio fra noi. Lui ritira il braccio senza dire niente. Non riesco a guardarlo; preferisco tenere gli occhi bassi.

«È per mio fratello, ecco perché credo» dice in un sussurro.

«Fratello? Non sapevo ne avessi.»

«Non lo sa nessuno. È il segreto meglio custodito di Londra.» Tenta di sorridere, ma non ce la fa. «Mio padre ha avuto una storia con un'altra subito dopo aver sposato mia madre. Mio fratello è più grande di me ed è il risultato di quella storia. Quando eravamo piccoli, mio padre faceva venire da noi James – mio fratello si chiama James – tutta l'estate. Gli volevo un gran bene. Quando siamo cresciuti, James non è stato più bene accolto a casa di mio padre. Alla fine dovevo uscire di nascosto per vederlo.»

«Avete mantenuto i rapporti?»

«Finché è stato possibile, sì. Lui era tutto per me, un

po' come Gabby per te. Mi ha insegnato a confidare in Dio e nella Sua onnipresenza. Mio padre non ha mai capito niente. Mi ha detto più volte che James non è chi dice di essere. Io però non gli ho mai creduto.»

«Dov'è adesso?» Penso di sapere già la risposta, so qual è la punizione per la religione, ma spero di sbagliarmi. Il comandante del distretto deve aver fatto un'eccezione per suo figlio.

Drew non parla subito. Il dolore gli sconvolge i lineamenti del viso. «L'ha spedito qui. Un giorno mi ha beccato mentre uscivo di nascosto per andare a trovarlo. Sapeva della sua fede in Dio, ma non ha mai fatto niente finché non ha avuto paura che potesse influenzarmi. È stata colpa mia.» Abbassa lo sguardo. «Alcuni mesi fa ho trovato una lettera nel suo ufficio che diceva che James era evaso. Devo scoprire che fine ha fatto. Dopo che abbiamo aiutato Gabby, spero di riuscirci.»

Gli prendo la mano e restiamo in silenzio. C'è una profondità in Drew che scorgo solo adesso. In Inghilterra insegnano che le Colonie sono piene di barbari e criminali. Ho già constatato che è vero solo in parte. Quali altre mezze verità ci hanno inculcato?

Intreccio le dita con le sue. È ora che mi fidi di lui come lui si è fidato di me. «Mio padre è stato ucciso in un incidente stradale. Tutta colpa di una macchina fuori controllo. Mia madre potrebbe essere ancora viva, non si sa. Ci ha lasciate il giorno in cui papà è morto. L'ultima cosa che ricordo è che ha iniziato a camminare senza mai voltarsi indietro. Gabby e io siamo scappate, anche se eravamo piccole. Ci siamo sempre trasferite da un posto all'altro, perché nessuno ci trovasse e separasse in case diverse. Gabby si è sempre presa cura di me.»

Ho sempre evitato di dire la verità perché non voglio essere guardata con pietà. Non voglio sentirmi dire dalla persona che mi ascolta che è tanto dispiaciuta per quel che ho passato con mia sorella. Per questo Gabby e io abbiamo fatto il patto di non dirlo mai a nessuno. Scusa, Gabs, l'ho infranto. Sollevo gli occhi, ma in quelli di Drew non c'è pietà; c'è qualcos'altro, che non so definire.

Quando sto per girare la testa, Drew scioglie le sue dita dalle mie, mi sfiora una guancia e mi sistema una ciocca di capelli dietro l'orecchio. Poi, lentamente, si china sul mio viso e mi bacia. È una sensazione gradevole, calda, morbida. Mentre le sue labbra si muovono sulle mie sento qualcosa risvegliarsi in me, nel profondo. Voglio di più. Ho bisogno di più.

Ma lui non è per me. Lo respingo, percependo all'istante che quella connessione già mi manca. «Drew, non possiamo.»

«Hai ragione. Lo so. È solo che… Alba…»

«Non dirlo.»

«Ehi, ragazzi!»

Mi giro: è Sam. Sembra ignaro di aver interrotto qualcosa. Meglio così. «Ciao» lo saluto. «Mi aiuti a tornare alla mia panca, così dormo un altro po'?»

«Sicuro! Vogliamo andare, piccola lady?» chiede con un sorriso offrendomi il braccio.

Zoppicando, raggiungo il fuoco insieme a lui, mentre Drew rimane lì da solo con lo sguardo perso.

CAPITOLO 20
DREW

Perché ho seguito Alba? Avrei potuto rovinare tutto, se avessi continuato a comportarmi da imbecille. Per lei non provo nessuna attrazione. E poi, la conosco a malapena. Non ci credo che l'ho baciata. Soprattutto, non ci credo che mi ha respinto! Cazzo, non mi era mai successo prima. Ma in fondo è stato giusto così.

Non ho mai raccontato a nessuno di mio fratello. Lei però… Volevo che lei sapesse. Volevo che mi vedesse. Che conoscesse il vero me, non il figlio del comandante.

Si è fatto giorno. L'accampamento brulica di gente impegnata nelle sue mansioni quotidiane. C'è chi trasporta l'acqua, chi lava i frutti di bosco, chi prepara la colazione. Sembra quasi di essere in una casa, seppur all'aperto. Per queste persone credo sia normale vivere così, dal momento che non hanno mai conosciuto realtà differenti. Chissà se vive così anche mio fratello. Chissà dov'è andato, dopo essere fuggito dal campo di prigionia. Ho chiesto notizie di lui, ma qui non sanno neppure chi è. Se si è inserito in una comunità come questa, probabilmente sta meglio che a

Londra. Abitava nell'East End, abbastanza vicino a dove ho trovato Alba.

Quando James era piccolo, mio padre inviava denaro a sua madre. Non avrei dovuto saperlo, ma mamma se l'è lasciato sfuggire in una delle sue sfuriate isteriche. Gli aiuti economici si sono interrotti quando James ha iniziato a fare di testa sua. Essendo convinto che i figli devono scattare agli ordini dei genitori, mio padre ha inteso l'indipendenza di James come un atto di ribellione nei suoi confronti. Già, come se ogni cosa riguardasse solo il *Grande Comandante Crawford*. La religione è stata la goccia che ha fatto traboccare il vaso. In linea con tutti gli altri leader d'Inghilterra, anche mio padre annovera i religiosi tra le persone che non si possono controllare. Be', James ha trovato Dio, poi ha aiutato me a trovarlo. Dunque, eccoci qui.

Attraverso l'accampamento. La gente mi saluta, io però proseguo senza spiccicare parola. Stamattina non ho voglia di convenevoli. Voglio stare solo. Mentre mi allontano, una ragazza mi raggiunge di corsa e tiene il passo.

«Dove vai? È quasi ora di colazione.»

Non rispondo. Magari capisce al volo.

«Oh-oh, come vuoi! Non è obbligatorio parlare. Camminiamo e basta.»

Ecco, appunto, stai zitta, penso intensamente.

«Comunque, io mi chiamo Shay» insiste.

«Ma non hai appena detto che non è obbligatorio parlare?» borbotto prima di sedermi ai piedi di un albero.

«Ci fermiamo già? Non volevi camminare?»

Sospiro. «Shay, giusto? Siediti e basta.»

«Dov'è la tua ragazza?»

«Non è la mia ragazza.» Se va avanti così, la strozzo.

«Ah no?»

Alla fine mi arrendo e vuoto il sacco con questa

perfetta sconosciuta. Lei resta lì tranquilla ad ascoltarmi senza interrompere. Quando ho finito di raccontarle le mie sfighe notturne, mi fa: «Se tu mi baciassi, io mai e poi mai ti respingerei».

Giorno dopo giorno, sto alla larga da tutti tranne Shay. Ha una cotta per me. Ho visto come funziona in tante ragazze che mi venivano dietro. Se sono innamorato di lei? No, ma godere delle sue attenzioni dopo essere stato rifiutato da Alba mi fa sentire meglio. Certi momenti però vorrei che non mi stesse così appiccicata; allora penso che Alba e io ce ne andremo presto e lascio correre. Mi viene da ridere quando colgo gli sguardi truci che le lancia Shay, perché Alba manco se ne accorge. È troppo presa da questo luogo, da queste persone. Quando ci saremo rimessi in viaggio, spero torneremo amici come prima.

CAPITOLO 21
GABBY

Mi sveglio con un gran senso di disorientamento. Dove sono? A letto, ma non da sola. Ho sognato casa. Non l'edificio destinato alla demolizione nell'East End, ma la nostra casetta con le finiture azzurre e la porta d'ingresso rossa. C'era un caminetto davanti al quale ci piaceva stare quando faceva freddo. Dalla cucina arrivava sempre il profumo di pane appena sfornato e delle tante cose buone che mia madre cucinava per noi. Era una cuoca eccezionale. Forse mi trovo lì. Forse non è stato solo un sogno. Forse mamma e papà ci stanno preparando la colazione, come ogni mattina. Apro gli occhi con un sorriso beato.

La realtà mi investe senza pietà: i miei genitori non ci sono più, la bambina che dorme vicino a me non è Alba e ora come ora non ho nessuna speranza di tornare a casa. Pessimo risveglio.

Ricordo cos'è successo ieri sera. Per la prima volta mi sorge il pensiero che non so ancora dove mi hanno portata, cioè dove si trova nel mondo questo postaccio che è il campo.

Claire si sta svegliando. Jeremy non c'è. Deve avermi messa nel loro giaciglio e aver dormito lui sul pavimento. Mi dispiace.

«Gabby?»

La dolce voce di Claire mi spezza il cuore, mi ricorda tanto mia sorella. «Dormi ancora un po'. È presto.» Le prende un attacco di tosse, ma si gira dall'altra parte e rimane tranquilla.

Ho ancora la coperta avvolta intorno al corpo. Dove saranno i miei vestiti? Ah eccoli: sono ancora stesi vicino al pozzetto del fuoco. Con mia sorpresa sono completamente asciutti e più puliti di quanto lo siano mai stati da quando sono arrivata al campo − come il mio corpo, del resto. Merito della pioggia.

Quando esco non sono preparata allo spettacolo che mi si para dinanzi. Siamo fortunati ad avere ancora un tetto sulla testa! L'uragano ha buttato all'aria il campo. Il suolo è cosparso di paglia strappata ad altri tetti. Un paio di capanne sono andate distrutte.

C'è chi si aggira per capire l'entità dei danni, chi raccoglie i detriti e chi ha già iniziato a fare le riparazioni. Mi dirigo alla mia sezione del campo. Procedo lenta perché affondo a ogni passo: le mie scarpe sono come ventose che si staccano a fatica dal suolo melmoso.

Vedo Jeremy intento a rimuovere insieme ad altri gli alberi crollati nella sezione centrale. Quando gli vado incontro mi ignora. Forse la conversazione di stanotte è stata un evento irripetibile e adesso mi odia ancora. No, mi rifiuto di accettarlo. Decido di comportarmi come se andasse tutto a meraviglia. Sta spostando un tronco. Non sembra né troppo grande, né troppo pesante per lui. In condizioni normali lo sposterebbe senza problemi, ma col fango è tutto più difficile. Visto che non mi dà retta, rimango lì a guardarlo in silenzio.

«Sarebbe bello che ti degnassi di darmi una mano!»

Cafone! Un po' di gentilezza no, eh? Pazienza. Se non altro, mi ha rivolto la parola.

Col mio aiuto riesce a portare il tronco dove stanno impilando tutti gli alberi caduti. Poi torniamo fianco a fianco nella sezione centrale, ne prendiamo un altro e andiamo avanti così per tutta la mattina, in silenzio.

«Senti, oggi non si va a raccogliere arance?» gli domando quando sono stufa di stare zitta.

«No, dopo gli uragani ci fanno restare al campo per riparare i danni.»

«Meglio così.»

«E comunque, arrivare all'aranceto adesso è praticamente impossibile. C'è troppo fango. Vieni» dice poi con un cenno verso l'area del falò, «andiamo a mangiare».

Sono riluttante a seguirlo: chissà come mi tratteranno, dopo il mio discorsetto di ieri sera. Mentre ci penso, lui si incammina.

Alla fine gli corro dietro, spinta dalla fame. Mossa sbagliata: se col fango è difficile camminare, figuriamoci correre. Finisco faccia a terra, impantanata dalla testa ai piedi.

Al mio tonfo Jeremy si gira e scoppia a ridere di gusto.

«Non è divertente» lo aggredisco a denti stretti.

«Vieni, ti aiuto» dice, porgendomi una mano. «Andiamo in un posto dove puoi lavarti.»

Mi porta in riva a un ruscello nel bosco. Gli dico di girarsi prima di levarmi i vestiti appesantiti dal fango e buttarmi in acqua. È fredda ma cristallina, una meraviglia! Poi lavo anche i vestiti, li strizzo più che posso e li rimetto, rassegnandomi al fatto che resteranno umidi per qualche ora.

Nel frattempo Jeremy si è spostato. Lo sorprendo a cantare appoggiato a un albero più in là. Resto deliziata dalla sua voce melodiosa, ma, quando si accorge della mia presenza, smette di botto e si avvia verso il campo.

«Che bella canzone. Potevi continuare.»

Mi lancia un'occhiataccia. «Non sai di che parli.»

Sembra arrabbiato, o forse è solo sulla difensiva? Gli ho detto "bella", no? «Non ti facevo uno che canta così bene.»

«Lasciamo stare, d'accordo?»

Mi arrendo, ma solo perché abbiamo raggiunto gli altri e ho lo stomaco che brontola. Contrariamente alle mie fosche aspettative, nessuno mi fissa e nessuno ammutolisce solo perché ci sono io. È un buon segno, anche se continuano a non rivolgermi la parola. Riempio un piatto e inizio a mangiare da sola seduta per terra.

«Posso mettermi qui con te?»

È Amanda. «Sì, come vedi, tutti i posti vicino a me sono liberi.»

Sorride alla mia battuta e si siede di fronte. Poi arriva Jeremy, piazzandosi tra me e lei.

Mentre mangio mi guardo intorno in cerca di Claire. Non c'è. Strano. Al campo si mangia tutti insieme agli stessi orari; chi non si presenta salta il pasto.

«Dov'è Claire?» chiede Jeremy, quasi mi avesse letto nel pensiero.

«Non lo so. Stava dormendo quando sono uscita.»

«Vado a cercarla.»

«Aspetta! Ti accompagno.» Stavolta mi guardo bene dal mettermi a correre.

«Claire, sei lì?» la chiama Jeremy quando siamo quasi davanti alla porta della loro capanna. Dall'interno provengono forti colpi di tosse. Lui si precipita dentro, mentre io, sapendo che non è casa mia, faccio solo qualche passo oltre la soglia.

Claire è dove l'ho lasciata, raggomitolata in posizione

fetale. Se non fosse perché trema tutta, sembrerebbe ancora addormentata.

«Permesso.»

Mi giro al tocco di Amanda, che mi supera e va dritta da Claire. Deve avere intuito che non sta bene, sennò non sarebbe già qui.

«Perché non si sveglia?» le domanda Jeremy con una preoccupazione che rasenta il panico.

«Spostati e lasciami vedere come sta» gli ordina Amanda.

Prima io, adesso Claire: Amanda è il medico del campo.

«Ma...»

«Jeremy, spostati. Vai a cercare della legna asciutta e accendi il fuoco. E di' a qualcuno di portarmi un catino d'acqua fredda. Procurami altre coperte asciutte. Questa che ha addosso è zuppa di sudore.»

Alla fine le dà retta ed esce. Faccio per seguirlo, ma lei mi blocca: «Resta, Gabby. Ho bisogno di qualcuno che mi aiuti, ma non lui. Agitato com'è, sarebbe d'impiccio».

Obbedisco. Ho la netta impressione che, in situazioni del genere, facciano tutti quello che dice Amanda.

Poco dopo arriva una ragazza con l'acqua. Amanda le dice di appoggiare il catino al capezzale di Claire, la ringrazia e la manda via. Non c'è bisogno che mi dica cosa fare quando mi passa una pezza recuperata da un cumulo di vestiti: la immergo nell'acqua e tampono la fronte madida di sudore di Claire. Sta bruciando di febbre. Non si può fare altro. Nell'East End ho imparato in fretta ad accettare i limiti.

Alba si ammalava spesso da piccola. Di solito si rimetteva entro pochi giorni, ma c'è stata una volta che stava così male che ho temuto per la sua vita. Ho aspettato tanto che migliorasse, ma niente. Peggiorava e basta. Avevo quindici anni, ed ero spaventatissima. Alla fine sono entrata in un ospedale e ho rubato le medicine che servivano, visto che nessuno poteva procurarcele. Alba ancora adesso non lo sa, che le ho rubate. Non avrebbe approvato allora, e non approverebbe oggi. D'altro canto, non volevo perderla. Così come ora non voglio perdere Claire. È l'unica scintilla di luce in questo posto squallido. Ma qui non ci sono ospedali da derubare.

Jeremy è già rientrato con la legna e sta accendendo il fuoco. Anche se fa caldo, Claire continua a tremare e suda freddo. «Jer» lo chiama, con un filo di voce.

«Sono qui.» Lui si mette dall'altro lato del letto rispetto a dove sto io e le prende una mano. Claire con l'altra afferra la mia. L'aiutiamo a bere dell'acqua, poi si riaddormenta quasi subito. È molto debole.

Entrambi la teniamo per mano anche se la sua presa si è allentata. Amanda ci dice che se riesce a dormire è meglio, poi torna ad aiutare gli altri fuori.

«Avrei dovuto tenerla qui con me da prima dell'uragano.»

«Non incolparti. Non serve.»

Restiamo in silenzio a vegliarla sperando che guarisca.

CAPITOLO 22
ALBA

Sono trascorsi quattro giorni, e ora temo di approfittare troppo di questa gente, anche se non si può dire che all'inizio ci abbiano accolti a braccia aperte. La caviglia va molto meglio, ma non sono ancora in forma: non sono ancora in grado di coprire lunghe distanze, né di correre per scappare da altri orsi affamati o pazzi furiosi a caccia delle nostre teste.

Sono tutti affettuosi con me, persino Lee, che mi aiuta quando devo saltellare in giro se non lo fanno altri. Con Drew è un casino. Non abbiamo più parlato dall'*incidente*. Come gli è venuta la malsana idea di baciarmi? Stava andando tutto alla perfezione. Andavamo abbastanza d'accordo. Stavamo persino diventando amici. So qual è la sua reputazione a casa. Ho anche visto di persona come se l'è guadagnata. Se pensa di farmi tremare le ginocchia coi suoi occhi blu, sta fresco!

Vabbè... magari un po' sì, è successo. Succede. Non lo so. Uffa! Quel bacio. Ne voglio un altro. Voglio che lui ne voglia un altro. Ma sono scema? Mi do uno schiaffo immaginario: non se ne parla proprio.

Forse l'ho depistato io. Forse gli ho dato l'impressione di essere il tipo di ragazza che va dietro al moroso della sorella. Lo sono? Non credo, anche se sotto sotto, più che arrabbiata con lui, mi sento colpevole.

Non ero mai stata baciata prima. E non mi ha fatto schifo, anzi, non riesco a smettere di pensare a quanto mi sia piaciuto. Per questo ce l'ho tanto con lui. Ci stavamo confidando i nostri segreti più profondi, cose molto intime. Non avrebbe dovuto farlo. Meglio se continuo a stargli alla larga. Non importa se è arrabbiato con me perché lo evito, ma deve proprio fare lo scontroso anche con gli altri? Se si comportasse così solo con me, sarebbe una cosa; ma con gli altri è diverso: finisce che Ma' e Sam e tutti si pentiranno di averci consentito di restare. È un deficiente.

Abbiamo intrapreso insieme quest'avventura, ma ora mi sento sola più che mai, non so neanche perché è venuto. Ah sì, per suo fratello, certo.

Passo gran parte del mio tempo con Sam. Mi insegna tutto quello che sa sulle Colonie. Ci sono Americani che vivono di nascosto in tutto il Paese; se gli Inglesi li scoprono, fanno una brutta fine. Aaron, ad esempio, stava a circa un giorno di marcia dall'accampamento. Era in procinto di trasferirsi qui per stare con Jessie, ma è stato ucciso durante una "spedizione": derubare gli avamposti degli Inglesi è l'unico modo che questa gente ha di procurarsi medicinali e altri beni utili per sopravvivere.

Gli Americani si tramandano varie storie su ciò che è accaduto al loro Paese. Secondo Sam, la maggior parte è vera. Alcune sono simili ai resoconti sui miei libri di scuola, altre totalmente diverse. Non so cosa pensare. Tendo a considerare più veritiero ciò che si dice in Inghilterra, perché sono fatti registrati nei libri, non solo raccontati a voce, ma penso anche che il mio governo abbia alterato certe cose e ne abbia nascoste altre.

Su un punto Sam e io siamo d'accordo: è iniziato tutto dalla siccità, che ha colpito buona parte dei Paesi del mondo, ma solo alcuni governi sono stati in grado di adattarsi e sopravvivere. Anche il governo americano se la sarebbe cavata, se non fosse stato sconvolto dagli attacchi terroristici.

«Sono stati gli Inglesi, vero?» chiede Sam un pomeriggio.

«No.» Rifletto un attimo. «L'hanno definito "terrorismo domestico".»

«Cosa vuol dire?» Corruga la fronte, confuso.

«Che è stato il tuo stesso popolo a distruggere il vostro governo.»

Sam distoglie lo sguardo. «Non può essere vero» dice più a se stesso che a me.

Un altro argomento che approfondisco con lui è la religione. Se non avessi avuto modo di conoscerle, penserei che le persone dell'accampamento siano una manica di svitati. Pregano Dio, che non hanno mai visto, e lo ringraziano per cose per cui ai miei occhi non si merita ringraziamenti. Il cibo? Vedo Lee e Jessie e altri andare a caccia ogni giorno. Sono loro che portano a casa da mangiare. Questa gente parla di un tizio che ha fatto robe impossibili migliaia di anni fa, tipo guarire i malati senza medicine o camminare sull'acqua. Capisco perfettamente perché tutto questo viene considerato fuori legge in Inghilterra. Non capisco come fa Drew a crederci; ma non posso chiederglielo, perché prima dovremmo ricominciare a parlarci.

Il secondo giorno che eravamo all'accampamento, Sam mi ha portato a vedere il lago che usano per il loro fabbisogno d'acqua. È un posto splendido, con tanti alberi secolari. La luce del sole penetra nel loro fogliame illuminando il sottobosco. Nell'acqua vicino alla riva galleggiano le ninfee, con le loro grandi foglie verdi e i fiori blu e gialli.

Mi piace qui, c'è tanta pace. Ci vengo spesso. Sono seduta su una roccia a contemplare il paesaggio, quando sento una voce familiare.

«Ciao Alba, hai da fare?» È Sam, con Lee e una ragazza, Shay mi pare. «Pronto? Terra ad Alba.»

«Oh, ciao.» Esco dal mio sogno a occhi aperti.

«C'è qualcosa che non va?» chiede Lee, mentre Shay mi fissa. Lei non mi dice mai niente; mi lancia solo strane occhiate.

«Niente» farfuglio. «Che fate?» A vedere i loro cesti di frutti di bosco mi viene l'acquolina in bocca. *Il paradiso dei frutti di bosco* sarebbe un nome perfetto per questa zona.

«Torniamo alle Caverne. C'è aria di pioggia.»

«Ma se c'è il sole!» Sono perplessa. Quando sta per piovere in Inghilterra è tutto buio e grigio.

«Fidati, presto pioverà.»

Mi alzo appoggiandomi sulla caviglia buona. Ho le gambe rigide per essere rimasta seduta un paio d'ore, il tempo è volato. Sam passa il suo cesto a Lee e si avvicina per aiutarmi, ma gli faccio cenno di no. Se voglio rimettermi in viaggio, devo sforzarmi di tornare alla normalità. Lui non indietreggia, ma neanche mi sostiene per il braccio. Esitando, sposto il peso sull'altra caviglia e faccio un passo avanti. Trasalisco, ma il dolore non è tale da fermarmi.

Procedo lenta. Lee e Shay sono andati avanti, mentre Sam è rimasto indietro con me. Ad essere sincera, quando ci siamo conosciuti non sapevo cosa pensare di lui: mi ha subito affibbiato il nomignolo di "piccola lady", è sempre allegro, disponibile, parla tanto… nel complesso sembra un po' matto, ma forse proprio per questa sua ingenuità è facile volergli bene. Più di una volta ultimamente mi sono sorpresa a pensare che mi sarebbe piaciuto avere un fratello come lui.

Quando arriviamo, sono fiera di me. Con mia sorpresa, c'è una specie di porta che si apre scorrendo in alto dal suolo.

«Benvenuta nelle Caverne» dice Sam.

Guardo avanti incerta prima di superare la soglia. Tendo la mano in cerca di un appiglio per scendere le scale ricavate nella roccia. Trovo Sam pronto ad aiutarmi: «Vieni, ti faccio strada».

In fondo ci sono tre ingressi stretti. Sam mi conduce nel primo ambiente: è pieno di letti. Sono costruiti alla bell'e meglio, ma si capisce che sono letti. Su ciascuno vedo coperte ed effetti personali. L'ambiente è di pietra viva. Un brivido gelido mi attraversa la schiena: qui sotto la temperatura è più bassa, ed è buio. Ci sono luci lungo le pareti, più che altro dei lumicini. L'unico suono che si sente è il brusio di un generatore. L'ambiente accanto è simile al primo.

Infine il terzo ambiente fa da area di ritrovo. Più ampio dei precedenti, a un'estremità è munito di fornelli ed è arredato con mobili di svariate fogge. «Bottini di guerra» sussurra Sam, rispondendo in anticipo alla domanda che stavo per fargli. «Tutto questo proviene dagli avamposti dei Coloni.» Mi porta una sedia, poi va ad aiutare Ma'. Quando hanno acceso i fornelli, torna e si siede vicino a me.

Intanto vedo Drew in un angolo che parla con Shay. Ho notato che ultimamente quei due passano molto tempo insieme. Quando si accorge che lo fisso, Drew guarda altrove. Vorrei tanto sapere che problema ha.

Ma' sceglie un punto vicino ai fornelli, trascina lì una sedia, si siede, e dopo aver sfiorato con gli occhi ciascuno di noi, esordisce: «Mi hanno chiesto di raccontare una storia. È una storia che viene tramandata di generazione in generazione».

«Vedrai, è interessante» mi dice Sam a bassa voce.

«Samuel Anderson» lo redarguisce subito Ma', «se vuoi che racconti questa storia, devi tenere la bocca chiusa!».

Sam mi fa l'occhiolino.

«Come dicevo» riprende Ma', «è una delle tante storie che ci sono state tramandate oralmente. Ci sono cose che sono andate perdute nel corso degli anni: le Colonie, come ora le chiamano gli Inglesi, sono una di queste. Un tempo erano una grande nazione, nota col nome di Stati Uniti d'America».

Mi torna in mente la scritta sulla portiera che ho trovato con Drew. Incrocio il suo sguardo: stavolta non si sottrae. Abbiamo studiato le Colonie a scuola, ma sentirne parlare da Ma' è più coinvolgente.

«Secondo alcune voci fu un castigo di Dio, perché non si pregava abbastanza: fece inaridire le fattorie di tutto il Paese e la gente iniziò a patire la fame. Tutti noi sappiamo come ci si sente quando si è affamati. Poi arrivarono gli Inglesi. Furono loro a spazzare via il nostro governo.»

«Uh, Ma'» la interrompe Sam, «forse non sono stati gli Inglesi».

Dunque, Sam ha preso in considerazione la versione inglese dei fatti.

«Figliolo, metti in dubbio le nostre storie più preziose?» Ma' gliel'ha chiesto dolcemente, non sembra scocciata.

«Be'… sono voci, l'hai appena detto anche tu» risponde Sam.

«Già, non importa. Chiunque sia stato, il governo cadde. Alcuni cercarono di assumere la guida, ma nessuno ci riuscì. Si combatteva in ogni dove. Chi aveva le fattorie contro chi non le aveva. Divenne una guerra aperta. Avidità e avidità. Poi venne l'epidemia. C'è chi dice che a diffonderla furono gli sconfitti, ma la versione dominante è che fu un altro intervento divino. Il resto del mondo rimase a osservare la nostra popolazione diminuire fino alla quasi totale estinzione.»

La storia sta avendo un duro impatto su Ma': ha il viso rigato di lacrime. «Preferisci smettere?» le chiede Lee, preoccupato. È la prima volta che lo vedo così premuroso.

«Sono quasi alla fine, caro.» Poi torna a rivolgersi a tutti: «E quando finì – le città dell'Est e del Sud distrutte, la gente morta di malattia e Dio lontano – le altre nazioni si mossero per spartirsi la carcassa. Pochi di noi erano sopravvissuti, e si nascosero. Da oltreoceano tornarono gli Inglesi. Si stanziarono nel Sud, per nutrire il loro popolo. La terra tornò alla vita, ma ancora una volta sulle spalle degli schiavi. Maledetti campi!».

Ora sono tutt'orecchi. «Ma', puoi dirmi qualcosa in più sui campi di schiavi degli Inglesi?» chiedo col massimo tatto possibile.

«La maggior parte si trova nella vecchia FloridaLand, nel profondo Sud, circondata dall'oceano. Gli Inglesi hanno svuotato le loro prigioni e i loro bassifondi deportando quella gente qui a fare i lavori forzati.»

«Cosa fanno gli schiavi?»

«Raccolgono frutta e verdura dalla mattina alla sera. È un lavoro duro: a FloridaLand fa caldissimo. Se finisci in quei campi, non ne esci più.» Poi Ma' si appoggia allo schienale e chiude gli occhi. Deduco che abbia finito la sua narrazione.

«Perché ti interessano i campi di schiavi a Florida-Land?» chiede Sam.

Sinora non me la sono sentita di raccontare di Gabby a lui o ad altri dell'accampamento. Ma ora, non avendo una bugia a portata di mano, decido di dirglielo: «Mia sorella è in uno di quei campi e voglio tirarla fuori».

CAPITOLO 23

GABBY

Sono giorni che Claire entra ed esce dallo stato d'incoscienza. È una bambina forte, sta tenendo duro. Ci sono momenti in cui crediamo che riuscirà a sconfiggere la malattia, ma avere troppa speranza può essere un problema: è molto più difficile andare avanti quando la speranza è stata mal riposta che se non la si fosse mai nutrita. La speranza prolunga il tormento.

Tutto è tornato alla normalità dopo l'uragano. Il lavoro nell'aranceto è ripreso. Incredibilmente, gli altri sono riusciti a trovare una scusa plausibile per coprire l'assenza mia e di Jeremy. Lui e io ci alterniamo al capezzale di Claire in modo che non resti mai sola. Quand'è ora di mangiare, se non va a prenderlo uno di noi due, c'è sempre qualcuno che ci porta del cibo. Non abbiamo appetito. Claire si sta spegnendo davanti ai nostri occhi. Ha problemi a deglutire persino l'acqua, stenta a parlare per via della gola secca e trema nonostante il caldo torrido. Mi sento impotente. Questa dolce bambina non si merita tutto questo.

Mi sono praticamente trasferita nella loro capanna.

Jeremy non si è opposto; al contrario, credo che apprezzi la mia compagnia. Puzziamo, perché nonostante il caldo nessuno dei due è più andato al ruscello per timore di non esserci, se Claire dovesse peggiorare all'improvviso. Ma che ci importa della puzza. Lui parla poco. Ogni tanto mi prende per mano, quasi a volersi accertare che io ci sia ancora. In quei momenti provo una profonda compassione: sembra che Claire sia l'ultima cosa buona che gli è rimasta. Lei per lui rappresenta una vita migliore, come del resto Alba per me. Il peggio che potrebbe capitargli è perderla, ma, se Claire morisse, ne soffrirei anch'io. La famiglia non è mai così importante come nei momenti difficili. Nei pochi giorni che sono trascorsi da quando mi hanno fatta uscire dal gabbiotto, Claire mi è entrata nel cuore. La considero come un'altra sorella minore, l'unica scintilla in questo posto buio. Mentre guardo il suo visetto angelico, le lacrime mi rigano il viso. Le asciugo e chiudo gli occhi per trattenere il pianto.

Una leggera pressione sulla mano mi induce a riaprirli.

«Gabby?»

«Sono qui.»

«Sto morendo?»

«Presto starai meglio.» Ma è una risposta più per convincere me che lei.

«Gabby?»

«Sì?»

«Ho paura.»

È come una pugnalata al cuore. A corto di parole, le dico semplicemente la verità: «Anch'io, Claire. Anch'io».

La bambina ripiomba in uno stato d'incoscienza. Le scosto i capelli dalla fronte, poi non riesco più a trattenermi.

La mia scarica di singhiozzi sveglia Jeremy, che viene a sedersi vicino a me e mi cinge le spalle con un braccio.

«Dovresti dormire un po'. Sei molto stanca» sussurra, mentre seppellisco il viso nella sua spalla.

Non voglio addormentarmi: ho paura che Claire non ci sarà più al mio risveglio. Però ha ragione lui. «Magari solo un pisolino. Mi chiami se succede qualcosa?»

«Sì.»

«Gabby... Gabby.»

Jeremy ha un'espressione d'urgenza sul viso. Accidenti, lo sapevo che non avrei dovuto cedere al sonno. «Claire?»

«Resiste. Amanda ci ha portato da mangiare» dice come se non stesse nella pelle.

Lo guardo perplessa. Strano, questo suo entusiasmo per il cibo.

«Hanno preso un alligatore.»

«Un che?»

«È carne.»

Ah sì? Da quando sono qui ho visto solo pesce. Mangiare lo stesso tutti i giorni viene a noia, quindi ci sto volentieri ad assaggiare qualcosa di nuovo. Prendo il pezzo di carne che mi porge. Lo esamino: odora di pesce, ha un grosso spessore e i segni della cottura alla griglia. Ne prendo un morso. È come andare in paradiso. Inizialmente sa di pesce, poi il suo sapore particolare mi esplode in bocca. È carne un po' stopposa, ma saporita. Ne voglio ancora. «Scusa Jeremy» dico tra un boccone e l'altro, «cos'è l'alligatore?».

«Una lucertola gigante.»

Per poco non vomito. Non mi sono mai concessa il lusso di fare la schizzinosa, ma chi l'avrebbe mai detto che un giorno avrei trovato appetitoso un rettile?

Una fitta di tosse ci riporta alla dura realtà. Claire

sorride, si sforza di parlare ad alta voce, ma non ci riesce. Ci chiniamo su di lei per sentire.

«Devo andare» dice piano.

«Claire, va tutto bene, riposati» la esorta Jeremy.

«Avete mangiato l'alligatore?» sussurra lei. «Mi piace l'alligatore.»

«Te ne prendo un po'.» Faccio per girarmi, ma lei non lascia la mia mano.

«No, no. Non mi va.» Guarda il fratello. «Ti voglio bene, Jer.»

«Anch'io ti voglio bene, Claire. Ti porto dell'acqua.»

«Non lasciarlo qui a morire» mi dice, mentre lui si allontana un momento. «Dovete uscire dal campo. Scappate.»

Se non fossi di nuovo scossa dai singhiozzi, riderei della sua infantile determinazione. Senza farmi sentire da Jeremy, le sussurro nell'orecchio: «Sì, te lo prometto».

Claire si riappoggia al cuscino, inspira ed esala un ultimo, lungo respiro. Il suo corpo si rilassa. La sua manina scivola via dalla mia. La riprendo e gliela appoggio sul petto. Jeremy fa lo stesso con l'altra, poi esce gridando: «Qualcuno mi chiami Amanda!».

La donna arriva a passo svelto da una capanna vicina.

«Se n'è andata» le dice incrociandola.

Il mio primo impulso è corrergli dietro, ma desisto. Ognuno elabora il lutto a modo suo e se lui cerca la solitudine, ne ha tutto il diritto. In fondo, neanch'io ho voglia di compagnia.

CAPITOLO 24

ALBA

D*avvero? Mitica! Hai fatto tutta questa strada per tua sorella?!
Ce l'hai un piano per farla evadere?*

Ripenso alla reazione di Sam ieri. Normalmente, chiunque venisse a sapere le intenzioni mie e di Drew direbbe che siamo matti. Se ho un piano? Macché. Per ora mi preoccupo solo di arrivare a FloridaLand. Quando saremo nel profondo Sud, ci penserò. A essere sincera temo di essermela presa fin troppo comoda. A Gabby non ho pensato quasi per niente negli ultimi giorni. Avrei dovuto sforzarmi di più con la caviglia, per ripartire prima.

Mi sento in colpa anche per come stanno le cose fra me e Drew. Questo viaggio non è una questione tra noi due. Non dovremmo ostacolarci a vicenda. Dobbiamo parlare, decidere il da farsi e collaborare. Solo così andrà tutto bene. Ciascuno deve avere fiducia nell'altro.

Mi alzo. Voglio vedere com'è fuori, dopo il temporale di ieri sera. È presto: molti dormono ancora mentre raggiungo silenziosamente le scale. Salgo. Appena apro la porta vengo investita da una folata d'aria limpida. Provo un'immensa gratitudine per essere di nuovo all'aperto.

Non riuscirei mai a vivere nelle Caverne. In effetti anche la gente dell'accampamento dorme giù solo quando c'è brutto tempo, altrimenti preferisce passare la notte sotto le stelle.

La temperatura è perfetta: caldo ma non caldissimo. Adoro il primo mattino, quando il mondo si sveglia, la luce del sole si insinua tra gli alberi riflettendosi sulle foglie, e il canto degli uccellini dà il benvenuto al nuovo giorno. È davvero bellissimo.

Sam e gli altri devono essersi sbagliati sul temporale. Non è piovuto un granché: il terreno è umido ma non fradicio, gli alberi sono intatti e il cottage sembra non avere niente fuori posto. Percorro la distanza che mi separa dal mio angolo preferito: oggi il lago sembra più invitante del solito; c'è persino qualche tartaruga.

Mi godo il silenzio. Nessuno sa che oggi ce ne andiamo. Neanche Drew. L'ho deciso ieri dopo il racconto di Ma'. La mia caviglia va meglio. La sento ancora un po' rigida, ma camminando andrà a posto. A Drew non penso dispiacerà partire; a me sì.

La vita a Londra era una lotta per la sopravvivenza. Anche nelle Colonie non si scherza, ma all'accampamento sto bene. Se non fosse per Gabby, sarei felice di restare qui. Adoro la semplicità, la calma di questo luogo. Mi sono affezionata a molte persone, innanzitutto a Sam. Non voglio lasciarlo, ma la famiglia viene prima, sempre e comunque.

Sentendo dei passi alle mie spalle, mi giro: è Lee.

«Buongiorno» lo saluto, ancora semi-intrappolata nei miei pensieri.

Si siede vicino a me, rimanendo in silenzio. Dopo qualche minuto inizio a provare disagio. Lee sarà felice quando ce ne andremo: era tra quelli che qui non ci volevano.

«Ho sentito di tua sorella» esordisce all'improvviso.

Sono sorpresa, ma non dico niente.

«Dev'essere dura non sapere come sta.»

Ancora non so che dire. Annuisco e basta.

«Un tempo amavo una ragazza» continua, con voce malinconica. «Era bella, piena di gioia. Gentile anche.»

«Cosa le è successo?»

«È stata catturata e portata in uno dei vostri campi.»

Trasalisco: *i vostri campi*. Mi considera come i carcerieri.

«Sono andato a cercarla.»

«Dov'è adesso?»

«Morta.» La sua voce non è più malinconica. È avvelenata. «So che l'hanno infilata in un gabbiotto al sole rovente di FloridaLand. Non sono arrivato in tempo. Fuori dal campo ho conosciuto Sam. Era impegnato in una spedizione. Se non mi avesse obbligato a venire qui con lui, avrei cercato di ammazzare tutti quei bastardi.»

Fisso Lee apertamente. «Mi dispiace.»

«Già, dispiace a tutti» mi fa eco distogliendo lo sguardo. «Il punto è che in questa storia tutti hanno perso qualcuno che amavano. Dobbiamo impedirlo, se possiamo. E passarci sopra, se non possiamo. Ti faccio una domanda: tua sorella è forte? È una che sopravvive?»

«È la più forte in assoluto.»

«Bene. Allora andiamo a prenderla» dice con determinazione.

Da lui non me lo sarei mai aspettato. «Grazie, Lee.»

Quando torniamo all'accampamento, anche gli altri sono usciti dalle Caverne. Scorgo Drew, gli vado incontro. Lo vedo perplesso. Sarà perché sto sorridendo: deve sembrargli strano, visto che lui e io siamo in rotta. Bisogna che aggiustiamo le cose. Apro bocca per farlo, ma non mi vengono le parole. L'unica cosa che riesco a dire è: «Oggi ce ne andiamo». Poi lo pianto lì e vado a cercare Ma'.

La trovo fuori dal cottage, intenta a preparare la colazione accanto al fuoco.

«Lee è un bravo ragazzo» dice senza distrarsi. «Non
lasciargli fare stupidaggini.»

«Non voglio che rischi la vita per mia sorella. Ho solo
bisogno che mi porti lì.»

«Viene anche Sam.» Accorgendosi del mio stupore,
spiega: «Non permetterà a Lee di partire da solo. Sono due
bravi ragazzi. Anche se non li ho partoriti io, li amo come
figli». Passandomi un piatto di cibo da distribuire, pone
fine alla conversazione. Tipico di Ma': deve sempre avere
lei l'ultima parola.

Dopo mangiato, sento che è ora di andare. Ma' deve
avermi letto nel pensiero, perché arriva e appoggia quattro
zaini ai miei piedi. Ne apro uno. È pieno di provviste:
carne, frutti di bosco, pane e kit di pronto soccorso. Sono
tutti beni preziosi, specialmente i kit di pronto soccorso.
Provo ammirazione per questa donna, forte come una
roccia, che sostiene un'intera comunità. La ringrazio di
cuore e faccio per darle una stretta di mano, ma lei preferisce avvolgermi in un abbraccio.

«Che Dio vi protegga.»

Tengo la bocca chiusa perché, se le rispondessi che per
me Dio non esiste, rovinerei il momento. Con mia
sorpresa, Ma' abbraccia anche Drew, che al contrario di
me ricambia con un «Che Dio ti benedica».

Mentre saluto altre persone vedo Shay andare dritta da
Drew, piantargli un bacio sulle labbra e allontanarsi
ridendo. Resto basita, ma quando lo guardo capisco che
neanche lui se l'aspettava. Gli darei comunque uno schiaffo
per levargli il suo solito sorrisetto compiaciuto.

«Aspetta» lo fermo poco dopo, quando fa per avviarsi.

Lee si fa avanti tra lo stupore generale, prende il terzo
zaino e saluta Ma'.

«Ehi, ma che fai?» Sam lo trattiene per il braccio.

«Stavolta non mi fermi.»

«Be', allora vengo anch'io.»

Sam non finisce mai di stupirmi. Incredibile come abbia preso una decisione così grande in pochi secondi.

«Lo sapevo» dice Ma' dandogli l'ultimo zaino. «Che Dio sia con te, figliolo, e per favore tornate da me. Tutti e due.»

CAPITOLO 25

ALBA

Camminiamo tutto il giorno senza parlare, fatta eccezione per Sam. Lui non la smette mai di chiacchierare. Si è avventurato spesso in questa parte delle Colonie, dunque ha una fila di storie da raccontare: la volta in cui ha seminato i soldati, quella in cui è stato inseguito da un cane, e l'altra ancora in cui ha incontrato un gruppo di Americani che si trasferiva a ovest. E allora inizia con le storie del Far West. Continua imperterrito anche quando nessuno l'ascolta più. Il suo chiacchiericcio però mi dà tregua dal mio problema più immediato: come risolvere la situazione con Drew.

Al tramonto stiamo camminando lungo i vecchi binari di una ferrovia. Sam dice che siamo in quella che un tempo veniva chiamata la Regione dei Monti Appalachi. La vegetazione cresce rigogliosa. Quando un Paese muore, il risultato è questo: la natura si riprende i suoi spazi. Gli unici punti dove i grandi alberi non attecchiscono sono i vecchi binari. Sam dice che venivano usati per l'estrazione del carbone. Se penso che qui una volta c'era un centro abitato, e che sono tutti morti, provo una gran tristezza.

«Accampiamoci. Voglio accendere il fuoco prima che sia buio» dice Lee.

Fa caldissimo; il fuoco serve solo per fare luce – non si sa mai cosa si cela nella foresta. Lee e Drew se ne occupano mentre guardo cos'abbiamo per cena. Decido carne d'orso e frutti di bosco. Li distribuisco ai ragazzi. Sam dev'essere stanco per aver parlato tutto il giorno, perché mangiamo in silenzio. È un gruppo per cui non so se ridere o piangere: tranne Sam, noi altri stentiamo a scambiare due parole. Dopo mangiato mi sdraio, appoggio la testa allo zaino e chiudo gli occhi.

CAPITOLO 26

GABBY

Non so come oltrepassare le sue barriere: Jeremy si è buttato anima e corpo nel lavoro per escludere il mondo. La morte di Claire ci ha uniti, ma ora, tornati alla normalità del lavoro nell'aranceto, è come fossimo due estranei. È talmente scontroso che gli stanno tutti alla larga; chi osa anche solo avvicinarsi, si prende una scarica di insulti. Ha creato intorno a sé una tensione spaventosa: il suo viso è permanentemente atteggiato a una smorfia di disgusto, rabbia o dolore. Abbiamo tenuto una cerimonia funebre per Claire, ma si è rifiutato di venire. Per sopravvivere in un posto come questo devi riprenderti dal crepacuore alla svelta. Non voglio sminuire ciò che prova, perché la morte di Claire è stato un brutto colpo anche per me, ma, se si rinchiude in se stesso, fa peggio. Gli parlerò. Mi ascolterà, che lo voglia o no.

Ogni sera, al ritorno dall'aranceto, ho notato che va dritto al ruscello nel bosco. E infatti è lì che lo trovo. Seduto con la schiena appoggiata a un albero, sta cantando. È la seconda volta che lo sento cantare e sono sicura che è solo perché non si è accorto della mia presenza. Ne ho subito la conferma: l'unico suono che si sente quando lo raggiungo è lo scricchiolio delle foglie sotto i miei piedi. Appena mi ha visto si è interrotto. Faccio per toccarlo su una spalla, ma si ritrae.

«Jeremy, guardami.» È inerte, sembra non aver udito. Gli prendo il suo viso tra le mani e lo costringo a guardarmi. C'è dolore nei suoi occhi. Capisco quel dolore, perché lo provo anch'io ogni volta che mi chiedo se rivedrò mia sorella. Non gli dico altro. Non ci sono parole che possano alleviare il suo tormento. Lo abbraccio. All'inizio si irrigidisce, poi pian piano si rilassa, mi permette di cullarlo e finalmente si lascia andare a un pianto liberatorio. Quando la sua emozione si placa, si ritrae dal mio abbraccio.

«Vieni in un posto?» mi chiede, dopo essersi stropicciato gli occhi.

«Sicuro. Dove andiamo?»

«In un posto che ha trovato Claire. È fuori dal campo però. Dobbiamo stare attenti.» Già in piedi, si scuote via la polvere dai pantaloni. Lo imito e lo seguo verso il centro del campo. «Sei mai stata in spiaggia?»

«No.» Alla sola idea mi attraversa un brivido di paura e di entusiasmo. A scuola, in Inghilterra, insegnano che l'oceano cela in sé orrori inimmaginabili: ora avrò modo di verificarlo di persona. Mentre passiamo dal centro gli altri ci fissano, credo per come sta Jeremy ultimamente: molti si chiedono se la morte di sua sorella l'abbia segnato per sempre.

«Non siamo lontani dal recinto» dice quando arriviamo nella sezione esterna del campo.

«Recinto?»

«Sì, i Coloni lo usano per impedirci di andare via. È elettrificato. Claire l'anno scorso ha trovato un tratto senza corrente.»

«Come ha fatto a capirlo?»

«Ha visto una lepre toccare il filo più in basso e uscire dall'altra parte illesa; allora ci ha provato anche lei, la stupida. Poteva restarci secca. Quando me l'ha detto, l'ho sgridata di brutto.» Scuote la testa con un sorriso. «Ma così ha trovato un modo per uscire. Siamo arrivati, eccolo.» Indica un punto sul quale è annodata una striscia di stoffa – probabilmente viene da un vestito di Claire.

«Sicuro che non ci facciamo male?»

«Sì, vai.»

Mi sdraio a pancia in giù per strisciare sotto il filo. Quando è passato anche lui, proseguiamo nel folto degli alberi. Il percorso in salita mi stanca, ma, proprio quando dubito di riuscire ad andare avanti, il terreno diventa pianeggiante.

Uscendo dal bosco, noto che il suolo ha cambiato consistenza. Mi accovaccio per raccogliere una manciata di quella che credo sia sabbia. Non l'ho mai vista prima. La esamino sul palmo: è polvere di roccia, granelli brillanti quasi bianchi, morbida al tatto. La lascio scorrere tra le dita, ne prendo un'altra manciata e lascio cadere anche quella; quando poi alzo gli occhi, mi rendo conto che la sabbia mi ha distolto dalla vera meraviglia di questo posto: l'acqua. C'è n'è tantissima, occupa tutto l'orizzonte. È una distesa scura su cui si riflette la luna; chissà com'è di giorno, con la luce del sole!

«Ti piace?» Jeremy è sul bagnasciuga, con le caviglie immerse e le braccia spalancate.

«Se mi piace? È bellissimo!»

Sorride e torna indietro. «Venire qui mi aiuta a lasciar andare. Questo era il posto preferito di Claire.» Mette una mano in tasca ed estrae un ciondolo. «Guarda, era suo. Gliel'aveva dato nostra madre prima di morire.»

È un medaglione. Lo apro: dentro c'è il ritratto di una donna. «Tua madre?» Lui annuisce. «È bellissima.»

«Lo era, sì.» Riprende il ciondolo, si alza, corre fino al bagnasciuga e lo getta lontano, in acqua. Quando torna, sta ridendo. «Claire diceva sempre che voleva vivere nell'oceano, perché "lì di cattivi non ce ne sono". Preferiva la compagnia degli animali a quella degli esseri umani. Diceva che gli animali sono buoni.»

«Ragazza intelligente… Jeremy, posso chiederti una cosa?» Non risponde, ma lo prendo come un sì. «Quando canti, perché non vuoi che ti ascoltino?»

«Mia madre cantava.» Si interrompe, perso nei ricordi. «Prima di morire mi disse di non abbandonare mai la musica. Canto solo per lei» continua, con un nodo alla gola. La testa china, gli sfugge un gemito di dolore. «Disse anche di prendermi cura di Claire.» Poi non riesce più a parlare.

Non importa. Non mi deve spiegazioni. Mi avvicino e gli cingo la vita con un braccio. Malgrado il suo corpo tremi dallo sforzo di trattenere il pianto, ben presto una lacrima gli riga una guancia. L'asciugo col pollice, lui alza gli occhi, i nostri sguardi si allacciano e, prima che me ne renda conto, ci stiamo baciando. All'inizio dolcemente, poi in un crescendo di disperazione e di desiderio. La disperazione per la morte di Claire, per la miseria della vita al campo. Il desiderio di ritrovare la pienezza dell'esistenza. Con una mano attrae a sé il mio viso, il suo bacio ora è profondo e io lo cerco, ne ho bisogno quanto lui.

L'oceano, la spiaggia, la pace di questo luogo magico ci portano in un'altra dimensione. Non siamo più prigionieri intrappolati in una vita di stenti, bensì due individui fusi in uno solo e connessi all'universo, una connessione che ci ridona la speranza che avevamo perduto.

I nostri corpi aderiscono, le mie mani accarezzano le

sue braccia, quando un rumore lontano, estraneo al suono della risacca, mi distoglie da noi due. «Jeremy, lo senti anche tu?» gli sussurro nell'orecchio.

«Cani» dice dopo essere rimasto in ascolto. «Dobbiamo andare.»

Si avvicinano. Oltre al loro abbaiare distinguiamo una voce che grida: «Più veloci! Datevi una mossa!». Ci mettiamo a correre nella direzione da cui siamo arrivati. È difficile dire da dove provengono i suoni. Spero tanto dalla spiaggia.

Purtroppo è sempre più evidente che mi sbaglio di grosso: stiamo andando dritto incontro a loro. Anche Jeremy deve averlo notato, perché mi guida a sinistra, abbandonando il sentiero.

A scuola ero un'atleta di corsa. Ma era diverso: lì correvo su una pista. Questa corsa è la più faticosa che abbia mai affrontato, per i massi, le radici e i rami che mi intralciano a ogni passo, perché sto correndo in discesa e perché è buio. Mi bruciano i polmoni per lo sforzo. Quando salto il tronco di un albero caduto, a momenti faccio un capitombolo. La discesa è ripida, fatico a tenere il ritmo. Inciampo, finisco a terra, ma con una capriola ritorno in piedi.

Jeremy mi sta distanziando. Inciampo ancora, barcollo, stavolta riesco a non cadere. Non so quanto potrò resistere. Sono una velocista, le lunghe distanze non fanno per me.

«Vedo qualcuno!» grida un inseguitore.

Oh no! Mi hanno scoperta. La mia mente corre in cerca di una scappatoia quanto le mie gambe. Il primo pensiero è nascondermi, ma i cani mi troverebbero. In realtà mi raggiungeranno anche se riesco a mantenere il ritmo. Non ci credo che questo inferno sta per avere la meglio su di me! Non mi piace perdere. Allora è deciso. Se devo cadere, mi trascinerò dietro almeno uno di questi stronzi. Spero solo che Jeremy riesca a tornare al campo. Mi dispiace Claire, non sono riuscita a farlo scappare.

Rallento, sto per girarmi ad affrontare il mio destino, quando Jeremy mi supera. Si ferma giusto il tempo per dire: «Torna al campo prima della conta! Non sanno che siamo in due».

Resto impietrita. Dopo qualche istante gli inseguitori gridano che l'hanno preso. Riparto di corsa. Ha detto di tornare prima della conta. Cos'è la conta? Ah sì, lo immagino. Devo esserci. Devo rientrare in tempo.

Ora i cani abbaiano in lontananza. Riecco il sentiero, qui si gira per il campo.

Quando vedo il lembo di stoffa provo un gran sollievo. Mi sdraio e passo dall'altra parte. Le gambe tremanti di fatica, percorro l'ultimo tratto camminando. Vado subito a cercare Amanda, l'unica persona del campo di cui mi fido oltre a Jeremy.

La trovo vicino al falò a godersi il cielo stellato in compagnia degli altri. Con la faccia stravolta che ho, non devo neanche chiedere permesso per passare tra le persone lungo la mia traiettoria.

Appena mi vede, Amanda viene da me, posa una mano sulla mia schiena e mi conduce lontano dai curiosi. «Cos'è successo?» chiede sottovoce.

«La spiaggia… Jeremy… i cani…» Non ho ancora ripreso il controllo sul respiro, fatico a mettere insieme una frase.

Lei mi fa bere dell'acqua. Sembra preoccupata. «Gabby, calmati. Raccontami tutto con calma.»

Il suo tono materno mi aiuta a ricompormi. «Eravamo in spiaggia. Non so come ci hanno trovato. Siamo stati inseguiti… c'erano i cani. Stavano per raggiungerci. Jeremy è tornato indietro e si è consegnato.» Amanda ha un guizzo negli occhi che non so decifrare. So che ci tiene molto a lui. O forse è solo la luce del falò che danza sul suo viso.

«Oh mio Dio. Povero caro.» Rieccolo, lo stesso sguardo. «Dobbiamo prepararci per una conta.»

«L'ha detto anche Jeremy. Cos'è?»

«Vengono a contarci per sapere se manca solo lui. Saranno qui a momenti.» Mi lascia per informare gli altri.

Poco dopo due autocarri fanno irruzione nel campo.

.

CAPITOLO 27
GABBY

I soldati smontano dagli autocarri e si schierano; l'ultimo a scendere avanza con passo teatrale e si posiziona davanti alla formazione. Sarà quello che comanda. È alto, tarchiato, con le spalle talmente larghe che mi chiedo se abbiano dovuto cucirgli l'uniforme su misura. Ha i capelli rasati, come tutti i suoi soldati, e gli occhi castani − o così mi pare alla luce incerta del falò. La sua uniforme è nera coi bottoni e i gradi color oro. I soldati invece hanno solo i pantaloni neri; la casacca è rossa, coi bottoni argento.

A un suo cenno, gli uomini rompono le righe e, da silenziosi che erano, iniziano ad abbaiare ordini mentre entrano ed escono da ogni capanna, tirando giù dal letto chi si era già ritirato per la notte. Quando si sono convinti che siamo tutti fuori, ci fanno disporre in tre file. Sono talmente chiassosi con le loro grida sovrapposte che stento a capire cosa dicono. Mi inserisco nella fila più vicina e rimango muta. Nel dubbio che qualcuno di loro possa avermi vista nel bosco, evito di guardarli in faccia. Meno male che ho avuto abbastanza tempo per calmarmi e cancellare dal mio aspetto i segni più evidenti della fuga.

I soldati ci camminano di fronte e alle spalle, scrutandoci.

«Vi rendete conto di cos'è successo stasera?» ci chiede il capo. «Uno di voi era fuori dai confini del campo. Fuori dal recinto. È vietato. Abbiamo ragione di credere che non fosse solo.»

Sono nervosa. Circa una dozzina di persone mi ha vista arrivare stasera. Potrebbero denunciarmi.

«Ci sono tutti, signore» dice uno dei soldati.

«Bene, grazie.» Ma non sembra soddisfatto.

Con l'angolo dell'occhio noto un movimento sul retro del primo autocarro: un soldato sta trascinando fuori Jeremy. Faccio per andare da lui, ma Amanda mi trattiene con una mano sulla spalla; non mi ero accorta che fosse dietro di me.

Ha un aspetto terribile. L'occhio sinistro è chiuso per quanto è gonfio e un rivolo di sangue scende da una tempia lungo la guancia. È a torso nudo, la schiena arrossata è rigata da lacerazioni, coi bordi della pelle rialzati e sanguinanti in alcuni punti. Mi sfugge un gemito. Se l'hanno ridotto così nel poco tempo che è passato da quando ci siamo separati, cosa gli faranno nei prossimi giorni?

«Ecco cosa succede ai disobbedienti.» Il capo afferra per i capelli la testa di Jeremy e la solleva per farci vedere bene il viso tumefatto. Quando si è convinto di averci impressionato abbastanza, la lascia andare con un gesto sprezzante. Non riesco a distogliere gli occhi da quell'uomo: il naso aquilino e la cicatrice che ha sulla guancia destra sembrano esacerbare la sua crudeltà.

Un soldato si porta alle spalle di Jeremy e sfodera il fucile. Trattengo il fiato, chiudo gli occhi, non riesco a guardare. Ma invece dello sparo si sente un tonfo. Riapro gli occhi: Jeremy è faccia a terra. Il soldato deve averlo colpito col calcio del fucile. Altri due lo tirano su per le braccia e lo trascinano nell'autocarro. A un cenno del capo, la truppa si ritira e di lì a poco gli autocarri sono fuori dal campo.

Nessuno si muove finché non si sente più il rumore dei motori. Poi tutti vanno subito nelle loro capanne. Nessuno commenta, nessuno piange. A quanto pare sono io l'unica traumatizzata. Già. Immagino che, se sei qui da tanto, ne hai visti tanti altri portati via come Jeremy, e con l'abitudine provi meno empatia. Amanda c'è ancora. Mi sta dicendo qualcosa, ma non l'ascolto. Vado dritta nella capanna di Jeremy. Ho bisogno di stare sola.

CAPITOLO 28

ALBA

Foglie che scricchiolano. Sembrano dei passi. Che qualcuno ci abbia trovati? Ho tutti i sensi all'erta. Mi rannicchio e aguzzo la vista. Vicino non c'è nessuno. Allora mi alzo e, con cautela, vado nella direzione da cui mi pare provenisse il rumore. E se trovo un intruso, che faccio? Non sono armata. Guardo per terra finché non vedo un grosso ramo secco. A un'estremità è un po' affilato. Molto bene.

Ancora foglie che scricchiolano. Stavolta alle mie spalle. Vicino. Senza pensarci due volte, mi giro e calo la mia arma di fortuna con tutte le mie forze.

«Ahia! Ma che fai?»

«Oh no… Drew?»

«E chi vuoi che sia? Perché mi hai colpito?»

«Non sapevo fossi tu, è ancora buio. Scusa, stai bene?»

«Eh no che non sto bene. Mi hai fatto male. Mi esce pure il sangue.»

Accidenti, mi dispiace davvero. «Torniamo indietro, ti do un'occhiata.»

Ravvivo le braci del fuoco per avere più luce. Sam e

Lee dormono ancora. Cerco il punto che sanguina sulla fronte di Drew. Eccolo: è un taglietto profondo vicino all'attaccatura dei capelli. Prendo l'unguento antisettico dal mio kit di pronto soccorso e lo applico, picchiettando piano. Drew trasalisce. Dopo aver pulito la ferita, mi rendo conto che serve qualche punto. Ago e filo non mancano nel kit. Non ho mai ricucito un taglio. Però ho imparato da sola a cucire anni fa. Non sarà poi così diverso, no? «Farà un po' male.»

«Fallo e basta» taglia corto Drew.

Al secondo punto mi afferra il ginocchio e stringe forte. Quando finisco, non molla. Ha ancora gli occhi chiusi e i denti serrati. Esamino il risultato: i punti sono storti, ma dovrebbero tenere.

«Ho finito.»

Apre gli occhi e mi guarda. Appena si accorge che mi sta stringendo il ginocchio, molla la presa e ritira la mano. «Scusa.»

«Stai bene?»

«Sì».

Di nuovo cala il silenzio e ci sentiamo a disagio.

«Hai intenzione di parlarmi, o vuoi continuare a fare l'ottuso imbecille?» esplodo, infine, a voce alta, liberando me stessa da un peso enorme. Ci fissiamo qualche secondo, poi inaspettatamente scoppiamo a ridere.

«Quanto ottuso?» chiede Drew.

«Scusa, sai. Ma sul serio, perché non mi parli più? Non mi piace e non capisco. Sì, ci siamo baciati, e allora? Mi sento colpevole verso Gabby, ma non voglio perdere la tua amicizia. Mi piace parlare con te. E ho bisogno di te per far evadere mia sorella. Devi darti una calmata. Non esisti solo tu.»

Drew si fa serio. «Alba, sono ancora tuo amico. Riavremo presto Gabby. Non sono mai stato bravo a relazionarmi con gli altri, in particolare con le ragazze. Ripiego sempre sul mio fascino. Quando mi hai rifiutato sono andato in tilt. Fare l'amico di una donna è una novità per me.»

Per quel poco che lo conosco, Drew ha un'autostima di ferro. Eppure ogni tanto anche lui ha momenti di debolezza, come adesso. Ne approfitto per fargli una domanda che mi preme: «Perché ci tieni ad accompagnarmi? Non ci credo che sei innamorato di Gabby. Hai detto che vuoi cercare tuo fratello. Avresti potuto scaricarmi appena siamo scesi dal cargo. Perché non l'hai fatto?».

«Per come mi hai guardato quando ci siamo conosciuti, quando sono venuto a dirti che tua sorella era stata imbarcata» risponde con calma. «Eri completamente persa, pareva che ti fosse crollato il mondo addosso. Ma c'era dell'altro. Eri anche determinata. Disposta a muovere montagne pur di riavere tua sorella. È stato come vedermi allo specchio. Anch'io mi ero sentito così quando avevo saputo di mio fratello. A Londra non c'era più niente per cui valesse la pena di restare. Possiamo trovare Gabby e poi scoprire cos'è successo a James.»

«Grazie» sussurro, incapace di tradurre in parole le mie emozioni.

«Ero comunque pronto a partire in cerca di avventure. L'Inghilterra è noiosa. Non credevo che saremmo arrivati così lontano. O meglio, che tu ce l'avresti fatta. Io sono un duro, si capisce, ma tu…»

Mi fa l'occhiolino e capisco che i discorsi seri non li regge più di tanto. Sto al gioco e faccio l'offesa dandogli un innocuo pizzicotto sul braccio.

«Ahia! Che fai, mi apri uno squarcio anche lì? Sei brutale. E comunque, cosa pensavi di fare, prima? Fossi stato un malintenzionato, che facevi? Ti difendevi con un pezzo di legno secco?»

«Embè? Ti ho centrato in pieno.»

Ride e mi dà una lieve spallata. «Solo perché non volevo farti male.»

Credo a ogni parola che dice. Possiamo farcela. Mi drizzo sulle ginocchia per abbracciarlo. Lui ricambia, poi si ritrae e si appoggia indietro. Mi sdraio anch'io; ci addormentiamo subito.

Quando mi sveglio c'è già il sole. Ho la testa sul petto di Drew, che ha il braccio sinistro intorno alla mia vita e mi tiene la mano. Dorme ancora. È difficile muovermi senza svegliarlo, perché abbiamo anche le gambe intrecciate, ma ci riesco. Raggiungo Sam e Lee, che sono già in piedi e si stanno preparando una veloce colazione.

«Dormito bene?» chiede Sam con un sorriso pieno di sottintesi.

«In effetti sì.» Cerco di mascherare l'imbarazzo. Se non altro, Drew dormiva quando mi sono alzata.

«Dai, sveglia anche il tuo bello, che tra poco si riparte.»

CAPITOLO 29
GABBY

Tutto è di nuovo tornato alla normalità. Trascorro le giornate lavorando il più possibile, sia nell'aranceto, sia al campo. Se non sono occupata a raccogliere arance, aiuto a far da mangiare e a ricostruire ciò che è andato distrutto durante l'uragano. Essendo sprovvisti del materiale che ci serve, dobbiamo arrangiarci con quel che troviamo nei boschi. Per tenere insieme le capanne usiamo il fango. È passata poco più di una settimana dall'uragano, ma sembra una vita, le mie conversazioni con Jeremy e Claire un sogno, la sera sulla spiaggia una fantasia. Mi tocco le labbra al ricordo del bacio. Cosa non darei per riaverli con me tutti e due.

Dicono che i campi di prigionia sono fatti apposta per spezzarti. Per farti diventare una pecora. Per insegnarti a obbedire. A questo scopo instillano paura nei prigionieri, arrivano a picchiare a sangue chi infrange le regole. Il disobbediente malconcio diventa, così, un esempio di monito che induce gli altri a disperarsi perché non c'è via d'uscita. La disperazione è il peggior nemico, in un posto come questo. Disperazione: come dire, totale perdita della speranza. Chi invece ha speranza resiste, continua a lottare.

Quando sono arrivata nelle Colonie ero piena di speranza. Pensavo che la mia fosse una situazione temporanea, che ne sarei uscita presto. Ma dalla morte di Claire la disperazione ha cominciato a radicarsi in me. Detesto il pensiero di diventare come loro, come queste pecore che subiscono perdite e soprusi tirando avanti come se niente fosse, come se il dolore fisico, e la sofferenza, e la perdita fossero indiscutibili protagonisti della loro vita.

Ogni singolo giorno si consuma nella stessa routine: ci svegliamo, andiamo all'aranceto, raccogliamo arance sotto il sole cocente, torniamo al campo, ci addormentiamo e l'indomani daccapo. Quando non cambia mai niente, quando non c'è una novità che crea entusiasmo anche solo nell'attesa, è facile diventare zombie, individui privi di sentimenti e di emozioni. È il solo modo di sopravvivere.

Il giorno dopo la conta hanno allestito postazioni di guardia intorno al campo. I soldati non ci rivolgono la parola, si limitano a guardarci, o meglio, ci lanciano occhiate truci, e ci sono tecnici che perlustrano il recinto, probabilmente in cerca del punto da cui siamo usciti Jeremy e io. Spero proprio che non lo trovino. La notte della conta sono tornata al recinto prima dell'alba per togliere il lembo di stoffa di Claire. L'ho sostituito con una pila di sassi. È improbabile che la trovino, perché si confonde bene col suolo circostante. Ogni tanto però vado a controllare se c'è ancora. Ma non va bene andarci. Siamo controllati a vista: se notano che mi allontano spesso, verranno a chiedermi perché.

Jeremy mi manca. Ora non ho nessuno con cui parlare. Amanda è fantastica, ma è più come una madre che altro. So che è preoccupata per me. Vorrei però che la smettesse di starmi addosso. Con le pecore non voglio parlare, né loro si avvicinano a me. Ora più che mai pensano che io sia un guaio per il campo. Lo sanno tutti che ero con Jeremy: probabilmente sono convinti che lui non c'è più per colpa mia. Non posso biasimarli se si tengono alla larga da me.

Sono arrabbiata col mondo intero e questo mi spaventa. Non mi sono mai sentita così. Sono arrabbiata coi miei carcerieri, ma anche con me stessa, perché sto iniziando ad arrendermi, non sono abbastanza forte da resistere al senso di impotenza. Anche se non credo che ci riuscirò, devo provare a evadere. Meglio concentrarmi sulla fuga che sull'effettiva probabilità di morire qui.

Non so nuotare, ma non sarà poi così difficile, no? Se riesco a tornare alla spiaggia, posso allontanarmi a nuoto. Nell'acqua i cani non possono seguirmi... No, è un'idea stupida. Morirei annegata, o, peggio ancora, finirei in pasto agli squali. E se nel bosco prendessi un altro sentiero? Porterà pur da qualche parte. Mille volte meglio morire vagando libera, che rinchiusa nel campo di prigionia. E Jeremy? Sarà ancora vivo? Be', se lo è, non posso aiutarlo da qui, dunque la mia priorità è scappare. Una volta libera vedrò come procedere. Ho fatto una promessa a Claire e intendo fare il possibile per mantenerla. Spero solo che non sia già troppo tardi per lui.

Sarà difficile, con tutti i soldati che ci sono in giro, eppure dev'esserci un momento in cui le loro postazioni restano incustodite, che so, per mangiare, dormire o anche solo per darsi il cambio. Domani vado vicino al recinto. Stasera osservo e basta.

Fortunatamente il punto che devo tenere d'occhio è ben visibile da una macchia d'alberi non lontana. Mi metto di guardia accovacciata fra i cespugli sotto una grande quercia. Mi sento un po' come un agente segreto in un film di spionaggio, solo che nella realtà è molto meno figo.

Ci sono due militari che vanno avanti e indietro lungo il tratto di recinto che mi interessa. Non c'è modo di avvicinarsi passando inosservata.

«Per quanto ne abbiamo ancora?» chiede uno.

L'altro guarda il polso, immagino per controllare l'orologio. «Un paio d'ore.»

«No, dico, quanti giorni ci restano in questa postazione?»

«Ti lamenti, soldato?» Il secondo militare dev'essere di grado superiore.

«No... cioè, gli schiavi... mi dà fastidio guardarli» risponde sprezzante il primo. «Li hai visti? Nessuno farà un bel niente. Sono patetici.»

«Non piace neanche a me averli intorno, ma gli ordini non si discutono, sennò si finisce come loro. Dobbiamo essere grati per questo incarico. È una postazione importante. I raccolti finiscono in Inghilterra. Le nostre città oltreoceano sarebbero in difficoltà, senza di noi.»

Proseguono il loro andirivieni in silenzio. Sono rimasta abbastanza per stasera. Quando, però, sto per tornare alla mia capanna, un militare si mette a parlare in quella che sembra una radio portatile. Volgendosi verso l'altro, alza l'indice e lo ruota tre volte in aria. Dev'essere il segnale di fine turno, perché poi tutti e due si allontanano, lasciando il recinto privo di sorveglianza. Mentalmente inizio a contare. Le guardie nuove arrivano quando sono arrivata a circa cinque minuti. Supponendo che le tempistiche siano le stesse ogni giorno, ho circa cinque minuti per passare sotto il recinto e tuffarmi nel bosco fuori dal campo.

Non posso perdere altro tempo. Domani sera ci provo: o la va o la spacca.

CAPITOLO 30

GABBY

Passo la giornata come al solito, all'aranceto e al campo. Consumo solo una parte dei miei pasti, imboscando il resto per il viaggio. In presenza di Amanda sono nervosa: da un momento all'altro potrebbe accorgersi delle mie intenzioni. Se mi scoprisse lei, farebbe di tutto per dissuadermi; e se mi scoprissero gli altri, potrebbero decidere di consegnarmi in cambio di una ricompensa.

Finalmente è notte. Quando il falò è spento e se ne sono andati tutti a dormire, esco dalla mia capanna e attraverso il campo come una ladra, sperando di non svegliare nessuno.

Seduta nella macchia d'alberi che mi ha protetto così bene ieri, aspetto il cambio della guardia. Il tempo sembra scorrere a rilento, mentre ascolto le chiacchiere dei militari, gli stessi due di ieri, che stanotte sono più loquaci. Proprio quando penso di aver fatto un buco nell'acqua, si sente un ronzio elettrico: un militare scambia poche parole alla radio, fa all'altro lo stesso gesto di ieri e i due si allontanano.

Ora il recinto è sprovvisto di sorveglianza. È la mia

occasione. Esco allo scoperto correndo verso il recinto. Cerco la pila di sassi, la trovo, afferro il filo più in basso e lo sollevo quanto basta per passarci sotto…

«Ehi! Fermo lì! C'è un evaso!»

Stanno arrivando tre soldati di corsa. Non ce la farò mai. Lascio perdere la fuga e mi alzo, pronta ad affrontarli. Non sono pentita. Dovevo provarci. Tiro su le mani in segno di resa.

L'ultima cosa che ricordo è una botta in testa.

CAPITOLO 31
ALBA

Lee e Sam dicono che siamo quasi a FloridaLand, ma come fanno a saperlo? Non mi sembra che il paesaggio sia cambiato un granché. Chissà dove saremmo finiti, Drew e io da soli. Ci saremmo persi. Cosa credevamo di fare? Non ho dubbi che, senza questi due Americani, avremmo fallito miseramente. È stata una vera fortuna incontrarli.

Ogni giorno sembra confondersi col successivo. Ho perso il conto di quanti ne sono passati. Non facciamo che camminare dall'alba al tramonto nella foresta, tranne qualche volta, quando scegliamo, se c'è, il percorso più agevole su strada. Sono sconcertata dalla scarsità di segni della presenza umana. Sam ci racconta come al solito tutte le storie degli Americani che gli vengono in mente.

«Erano liberi» dice un giorno. «Sapevano scegliere, fare quel che volevano della loro vita.»

«Sì, ce l'hanno insegnato a scuola» dico io. «Ma abbiamo anche imparato che la libertà ha un prezzo. In Inghilterra c'è meno libertà, ma il Paese sta meglio.»

«Ci credi davvero?» mi chiede Drew con sarcasmo. «Non sarai così ingenua!»

«Le hai sentite anche tu, le storie sui fanatici religiosi e tutti i problemi che hanno causato.»

«E ho anche visto cosa fa il nostro Paese, presumibilmente superiore, ai suoi cittadini. Tu pure.»

Rimango in silenzio, non perché non ho niente da dire, ma perché metto in dubbio le parole che stanno per uscirmi di bocca. Devo smetterla di pensare che tutto quello che ho imparato a scuola sia la verità. Ogni cosa che penso di sapere ormai è contaminata dall'incertezza.

«Le nostre storie parlano di metropoli con edifici che toccavano il cielo e cittadine piene di Americani» interviene Lee, cambiando argomento. «Oggi di Americani ne sono rimasti ben pochi.» La sua voce si spegne, come pure la conversazione.

Intorno a mezzogiorno ci imbattiamo in un sito di rovine. Che spettacolo triste. È un'area abbastanza piccola, i muri perimetrali e il tetto dell'edificio principale sono ancora in piedi. La struttura è ricoperta di piante rampicanti. Visto che dobbiamo fermarci per pranzare, decidiamo di esplorarla. Lascio per terra lo zaino e mi avvio verso la soglia.

«Aspetta. Il tetto può crollare da un momento all'altro» dice Drew, sbarrandomi la strada.

«Vado solo a dare un'occhiata, tranquillo.» Lo spingo gentilmente da parte. Varcata la soglia, passo in rassegna l'interno con lo sguardo. Ci sono erbacce che affiorano dal pavimento e l'aria è stantia. Quando capitiamo in posti inagibili come questo, spero sempre di trovare tracce della gente che ci viveva. Sarò anche ingenua, ma secondo me è importante conservare la memoria di chi non c'è più.

Ignorando i timori di Drew, faccio il giro dello stanzone

toccando il muro: considerato l'aspetto disastrato, è sorprendentemente solido. Ho quasi finito il giro, quando noto un puntino colorato dove ho appena passato le dita. Incuriosita, inizio a grattare via lo sporco. Più si riduce lo strato di fango secco, più la macchia di colore si allarga: c'è del rosso, del blu e anche un po' di bianco. Con un paio di passi indietro, riesco a distinguere due immagini. «Ragazzi! Venite!»

Lee è il primo ad arrivare. «Per la miseria! Sai cosa sono?»

«L'aquila e la bandiera» sussurra Sam alle sue spalle con tono riverente.

Drew e io ci scambiamo uno sguardo d'intesa. Il ricordo dell'uomo che giace immobile sopra un'immagine come questa è rimasto impresso nella nostra mente per sempre.

«Abbiamo già visto l'aquila» dice Drew.

«Dove?» chiede Lee.

«Quando?» domanda Sam contemporaneamente.

Drew tace; racconto io la storia, mentre gli altri due ascoltano senza fiatare. Alla fine è Drew a ritrovare la voce per primo: «Cosa significa l'aquila?».

«Ce ne ha parlato Ma'» risponde Lee, «ma è la prima volta che ne vediamo una. L'aquila testa bianca era l'uccello nazionale. Durante la guerra è stata il simbolo della libertà. Alcuni gruppi la usano ancora».

Osserviamo le immagini un altro po' prima di sederci e pranzare in silenzio. Nel frattempo inizia a piovere. Negli ultimi giorni è piovuto ogni pomeriggio, più o meno alla stessa ora. È solo una pioggerella, ma ci rallenta. Sam dice che nel Sud è normale, che sono piogge stagionali. Di solito non ci fermiamo. Se siamo nella foresta, gli alberi ci offrono riparo, altrimenti ci inzuppiamo.

Quando abbiamo finito di mangiare sta ancora piovendo. Decidiamo di aspettare che smetta, tanto, visti i giorni precedenti, non durerà a lungo. Mentre mi appoggio indietro sui gomiti, sento qualcosa che mi pungola un braccio.

«Ragazzi, forse ho trovato qualcos'altro!» Rotolo su me stessa e mi tiro su in ginocchio per guardare meglio. Spazzo via i detriti con le mani, non sto nella pelle di vedere cos'è, magari è un oggetto appartenuto alle persone che stavano qui. Tasto piano con le dita e sì, eccolo. Il materiale è liscio e duro. Tiro con tutte le mie forze, ma appena vedo cos'è mi sfugge un grido isterico, lo scaglio lontano e scappo fuori, incurante della pioggia.

«Ossa! Sono ossa!» dico a Drew, che mi è corso dietro. «Ci sono dei morti lì dentro!»

Lui mi abbraccia in silenzio, lasciando che soffochi i miei singhiozzi nel suo petto. Poco dopo escono anche Sam e Lee.

«Ne abbiamo trovate altre» dice Sam.

«Già. In pratica è un cimitero di morti ammazzati» aggiunge Lee, con la stessa tristezza negli occhi di quando mi aveva raccontato del suo amore perduto.

Lascio Drew e avvolgo le braccia intorno al collo di Lee. Il mio abbraccio lo coglie totalmente alla sprovvista, ma non mi respinge, anzi, dopo un attimo ricambia. Poi abbraccio anche Sam. Questi morti sono americani, non inglesi. Sono del loro popolo, non del mio.

Per un tacita intesa non restiamo un minuto di più.

La pioggia cessa mentre attraversiamo una striscia di terreno agricolo, stando attenti a non farci vedere dai braccianti. Chissà se sono schiavi come Gabby, se la sua prigione è come una fattoria.

Durante il pomeriggio procediamo più spediti del solito, spinti dalla voglia di allontanarci il più possibile dal cimitero. Per la notte ci accampiamo sotto gli alberi, come sempre. Più andiamo a sud, più il suolo è umido, ma quando ci fermiamo nessuno si lamenta. Stasera ognuno è perso nei suoi pensieri. Io ho avuto in mente mia sorella tutto il tempo. Sinora non avevo considerato che genere di lavoro forzato le avranno imposto, né le sue reazioni. Niente di buono, immagino. Chissà se ritroverò la stessa persona che mi è stata portata via a Londra: una tipa autoritaria, cui piaceva infrangere le regole, e che per me avrebbe fatto di tutto. Sarà cambiata?

Vedo Lee sedersi accanto a Drew. Strano, quei due si parlano pochissimo. Incuriosita, tendo le orecchie.

«Hai fatto la cosa giusta» dice Lee, «altrimenti l'avrebbe uccisa».

«Non è mai giusto uccidere. Volevo solo tramortirlo. Non capisco perché ci seguiva.»

«Voi due siete Inglesi. Per gran parte degli Americani è una ragione più che sufficiente. L'aquila testa bianca rappresenta la libertà, ma quelli che la usano ancora sono dei selvaggi, agiscono brutalmente. Non è questa la libertà che voglio io.» Lee dà una pacca sulla schiena a Drew. «Dovremmo arrivare domani» gli dice, prima di allontanarsi.

Rimasto solo, Drew viene da me e io mi appoggio a lui alla disperata ricerca di un segnale rassicurante. Abbiamo fatto molta strada insieme: lui non è più il cascamorto che pomiciava con un'altra mentre la sua ragazza era in giro a cercarlo, e io non sono più un fantasma, quella che faceva di tutto per essere invisibile. La vita ti cambia. Il tempo passa e non si può più tornare indietro. Si cresce diventando versioni più resilienti e più forti di se stessi. Lo guardo negli occhi ed eccolo, ecco il gesto che mi rassicura, che mi fa stare meglio: il suo sorriso accattivante e un'affettuosa stretta sulla spalla.

«Prima hai sentito? Lee dice che domani dovremmo esserci.»

Domani. Già, domani vedremo quanto siamo cresciuti. Due adolescenti di Londra ce la faranno a tirarne fuori una terza di prigione? E se abbiamo fatto tanta strada per niente? Se lei non è neanche lì? Se il padre di Drew ha mentito, e Gabby è in una cella a Londra? E se è morta?

Il terrore mi serra la gola, mi manca il fiato. Morta. Mia sorella potrebbe essere morta.

Stringo le ginocchia con le braccia e vi appoggio il mento. Drew mi attira a sé e io mi lascio pervadere dalla sua forza. Lei ci sarà. Non siamo arrivati tardi.

E suo fratello? La bocca di Drew ora è una linea severa, gli occhi persi chissà dove. Le probabilità di trovare James sono scarse. Non sappiamo nemmeno da dove iniziare a cercarlo. Ma Drew lo sapeva prima di venire, no? Percepisco come si sente perché lo provo anch'io. Come me, non ha avuto altra scelta. Venire qui andava fatto a prescindere dal rischio che fosse tutto inutile.

Col calore del suo corpo a infondermi la sicurezza che non ho di mio, per un momento do per scontato che domani riabbraccerò Gabby. E poi? Che ne sarà di me e Drew? Della nostra amicizia?

Troppo stanca per soffermarmi ancora sui cosa-accadrà-se, chiudo gli occhi e mi addormento con due pensieri che mi ronzano in testa.

Drew e io siamo più simili di quanto mi sarei mai immaginata.
Domani riavrò mia sorella.

CAPITOLO 32

GABBY

Una secchiata d'acqua mi fa tornare in me sputacchiando. Ne ricevo un'altra, e un'altra ancora, dritte in faccia. Annaspo in cerca d'aria.

Due soldati mi reggono per le braccia, ciascuno da un lato. Ho sempre desiderato di camminare a braccetto con due soldati, ma non così. Ho la testa come se me l'avessero spaccata e poi rimessa insieme lasciando via dei pezzi. Cerco di sollevarla quel tanto che basta per vedere dove sono, ma il dolore è troppo; desisto e la lascio ciondolare sul petto mentre riaffiora il ricordo di me nascosta tra gli alberi, il tentativo di fuga fallito, la mani alzate, la botta in testa.

Appena si rendono conto che sono sveglia, i due mi mettono in ginocchio e mollano la presa. Troppo debole per rimanere dritta da sola, mi ritrovo subito gattoni. Siamo all'aperto. Lo capisco dalla terra polverosa fra le dita e la brezza notturna sulla pelle. Un dolore atroce esplode dallo stomaco in tutto il corpo: un uomo mi sta prendendo a calci. Spendo tutta l'energia che mi è rimasta per non cadere faccia a terra.

«Un esempio non vi è bastato, eh?» Una frase, un calcio. «No, sembra proprio di no.» Altra frase, altro calcio. «Di qui non si scappa, avete capito?» grida più minaccioso.

Devono avermi riportata nel campo. Mi sento tanti occhi puntati addosso.

«Siete schiavi perché ve lo meritate!»

Il calcio stavolta arriva dietro le gambe: non riesco più a mantenere l'equilibrio e cado lunga distesa in avanti, pancia a terra. Nessuno si muove in mio aiuto – sarebbe comunque inutile.

«Non c'è salvezza per voi! Nessuno vi salverà dai vostri crimini!»

I due soldati mi tirano di nuovo in piedi per le braccia, poi l'uomo afferra la mia testa ciondolante sotto il mento e la tira su, per mostrare a tutti il mio viso. «Questa ragazza deve pagare per la sua stupidità. Le risparmierò la vita solo perché è giovane e io sono un uomo giusto.»

Mentre mi regge il mento lo guardo in faccia: per prima cosa noto il naso aquilino e la cicatrice sulla guancia. È lui, non lo dimenticherò mai. È lui che mi ha portato via Jeremy. Adesso non vede l'ora di punire anche me.

Lo fisso con aria di sfida. Vuole farmi cedere, ma non si può far cedere chi ha già ceduto. Sono al campo da troppo tempo, ho perso quasi tutte le persone a me care. Non mi importa più niente. Succeda quel che deve succedere.

«Portatela nel gabbiotto. Lasciamola lì a riflettere sulla sua stupidità.»

Il dolore non c'è più. Mi sento intorpidita, distaccata, come se il mio cervello si fosse spento da solo. Le mie gambe sono troppo deboli per camminare: devono portarmi via di peso. Stiamo andando verso la periferia del campo. Lì sta il gabbiotto della tortura. Lo so fin troppo bene sin dal mio primo giorno nelle Colonie.

I soldati mi trascinano su per i gradini e mi gettano

dentro senza tante cerimonie. Mentre chiudono la porta mi accascio al suolo, accogliendo con gratitudine l'ormai familiare stato di incoscienza.

CAPITOLO 33

ALBA

Il mattino ci mettiamo in viaggio presto. Lee e Sam dicono che tra poche ore saremo arrivati. Il paesaggio è cambiato: ci sono ancora alberi, ma sono quasi tutti da frutto, disposti in file regolari. Non ho mai visto tanta frutta tutta insieme.

Le foreste hanno ceduto il passo ai terreni aperti. Non essendoci imbattuti sinora in aree attualmente sfruttate dall'uomo, FloridaLand per me è uno shock: gli Inglesi hanno disboscato ampie zone destinandole a uso agricolo e all'allevamento dei bovini. Che meraviglia, penso, mentre evito di calpestare l'ennesima cacca di mucca.

«Che si fa quando arriviamo?» chiede Drew.

«Per prima cosa, bisogna andare in ricognizione» risponde Lee. «Forse hanno incrementato la sicurezza dall'ultima volta che sono stato qui, due anni fa.» Non aggiunge altro. Se c'è una cosa che ho imparato su di lui, è che non dice mai più dell'essenziale.

È ora di pranzo quando ci segnala di fermarci. Siamo a corto di provviste: con mio gran dispiacere, è rimasto solo dello scoiattolo arrosto. Lee ne ha catturati e cotti alcuni ieri sera. Nei tanti romanzi d'avventura che ho avuto modo di leggere, quand'ero ancora in Inghilterra, arriva sempre il momento in cui l'affamato di turno mangia robe improbabili e le trova pure squisite. Be', io sto morendo di fame, ma lo scoiattolo mi fa schifo lo stesso. Se poi penso che siamo appena passati accanto a decine e decine di mucche al pascolo, mi viene da piangere. Farei di tutto per un hamburger. E già che ci sono, anche per un cartoccio di patatine.

«Dunque, ci siamo!» dice Sam dopo mangiato.

«Come, scusa?» chiedo incredula. «Ero convinta dovessimo camminare ancora un bel po'.» Il paesaggio è sempre lo stesso: dei campi di schiavi neanche l'ombra. Siamo seduti in un agrumeto. Alla nostra destra le file di alberi si allungano fin dove arriva la vista. Alla nostra sinistra c'è una strada.

«Là in fondo» dice Lee indicando la strada.

Mi alzo e spazzo via il terriccio dai pantaloni. «Muoviamoci allora!»

Gli altri mi seguono. Mi sento sollevata, pur sapendo che la parte più pericolosa di questo viaggio deve ancora venire. A un certo punto, incontriamo un recinto di rete metallica che fa angolo e si estende in due direzioni a perdita d'occhio: da un lato, costeggia la strada, dall'altro il pascolo. Dovrebbe essere facile scavalcarlo: allungo la mano per provarci subito.

«Aspetta!» mi ferma Lee. «Non senti il ronzio?»

Annuisco.

«È elettrificato.»

Che imbecille che sono. A momenti ci lascio le penne.

«Tutti fra gli alberi!» ordina Lee proprio quando ce ne accorgiamo anche noi: due militari avanzano lungo il recinto.

«Ce ne saranno altri?» chiedo, appena i due sono fuori

dalla nostra visuale. Non ricevendo risposta, osservo anch'io il recinto. Ci vogliono quasi dieci minuti prima che gli stessi due di prima ricompaiano tornando sui loro passi. «Quindi che si fa?»

«Dove c'è elettricità, c'è un generatore» sussurra Drew. «Se lo trovo, potrei disattivare il recinto.»

«Potrei?» fa Lee, scettico.

«Lo so fare. Magari ci vorrà un po', ma troverò il modo di spegnerlo.»

«Molto bene. Come si fa a sapere che è spento?»

«Non ci sarà più il ronzio.»

«Allora: Sam, tu e Drew trovate il generatore. Spegnetelo fra due giorni, al tramonto.»

«E voi che fate?» chiede Sam.

«Alba e io entriamo. Ci faremo catturare.»

CAPITOLO 34
GABBY

G rido, grido lo stesso anche se nessuno mi ascolta. Grido per sfogare il dolore. Gambe e braccia mi fanno male dappertutto. Alzo un braccio, è sporco di sangue, premo col palmo della mano contro una tempia. Ho la testa che rimbomba. Dannato gabbiotto. Dannato campo. Dannate Colonie. Ma l'energia che mi anima non è più rabbia. È solo disperazione. Voglio uscire di qui!

Il delirio è alle porte, le pareti sembrano chiudersi intorno a me, soffoco. Il cuore batte forte contro la gabbia toracica, un battito pesante e irregolare, lotto per respirare.

Grido ancora e poi ancora, incurante del sangue rappreso agli angoli della bocca che ostacola lo schiudersi delle labbra. È un'agonia. Non ne posso più. Fa caldo... fa troppo caldo. Rannicchio le gambe a fatica contro il petto prima di perdere di nuovo i sensi, l'unico sollievo che mi è rimasto.

Il rumore di qualcosa che raschia per terra mi riporta allo stato di veglia. Viene dal buco a ridosso del pavimento. Me n'ero dimenticata. Come la volta scorsa, dal buco si materializza una scodella d'acqua. È solo un'allucinazione, dice la mente. Non è reale, non c'è misericordia in questo posto. Ma quando porto il bordo della scodella alle labbra, l'acqua scivola in gola, mi fa tossire, è reale, altroché se lo è.

«C'è qualcuno?» chiedo in un sussurro.

«Sì, sono qui» risponde una voce maschile.

«Chi sei?»

«Un amico.»

«Ti prego aiutami!»

«Provaci ancora. Ci sono già riusciti.»

«Aspetta!» Sento che sta per allontanarsi. «Di che parli?»

«Scappa.»

«Perché dovrei?»

«Voglio che tu viva.»

CAPITOLO 35

GABBY

«Aaah! Qualcuno abbia pietà di me!»
L'immagine del dolce viso di mia sorella mi dà sollievo. L'ho fatto per lei… no, non è vero, non ce n'era bisogno: conoscendola, so che del braccialetto che ho rubato per il suo compleanno non le importa niente. Le sarebbe bastato avermi accanto. È tutta colpa mia, se sono qui. Un singhiozzo mi scuote dalla testa ai piedi. Alba mi avrebbe sgridato per il furto, e anche per la testata al soldato, se solo ne avesse avuto l'occasione.

Ho sempre pensato di essere indispensabile per lei. Forse non è così. Forse mi sbaglio, anzi, spero di sbagliarmi. Spero che stia bene. Forse si è già accorta che non ha più bisogno di me, che è il contrario, che sono io ad avere sempre avuto bisogno di lei.

Chiudo gli occhi rievocando Londra, sospiro, lotto per non farmi risucchiare di nuovo dal dolore, immaginando Alba che inizia l'università. È il suo sogno nel cassetto. La vedo raggiante di felicità.

Mentre io sono qui.

Il dolore mi lacera, mira dritto al cuore. Ho perso tutti

coloro che amo: non rivedrò mai più mia sorella; Claire e mio padre sono morti; Jeremy e mia madre chissà dove sono finiti.

Jeremy... sarà ancora vivo? Devo credere che lo sia. È il solo appiglio che ho per non lasciarmi andare all'oblio.

Fa caldo... fa troppo caldo. Penso proprio che schiaccerò un altro sonnellino.

CAPITOLO 36
ALBA

È ora di andare. Con una lieve stretta su una spalla, Lee mi passa davanti, guidandomi tra gli alberi parallelamente alla strada e al recinto. Dobbiamo trovare qualche pollo che ci porti dentro, nel campo di schiavi. È un piano folle, ma che altra scelta abbiamo?

Siamo su un lieve pendio, quando ci giungono delle voci. Lee mi fa segno di abbassarmi dietro un cespuglio.

«Oggi è l'ultimo giorno che siamo assegnati qui. Meno male! Non vedo l'ora di andare via.»

«Anch'io. Avere intorno gli schiavi mi deprime.»

«Vai alla tenuta dopo il turno?»

«Sì, non voglio perdermi la festa. Ci sarà anche il generale Nolan.»

Il generale Nolan? Sputo per terra, disgustata dal fatto che uno di quei porci abbia il mio cognome. Lee mi lancia un'occhiata perplessa, ma lo ignoro e torno a badare ai militari: uno ha i capelli bianchi, dev'essere quello che comanda, l'altro è un ragazzo. Sono perfetti.

Dopo esserci scambiati uno sguardo d'intesa, usciamo allo scoperto, strascicando apposta i piedi per fare rumore.

«Altolà!» grida il vecchio.

Lee spicca la corsa. Lo imito. Procediamo abbastanza rapidi per far loro intendere che stiamo scappando, eppure abbastanza lenti per poter essere catturati.

«Dai che li prendiamo!» sento gridare alle mie spalle.

Con la coda dell'occhio vedo il vecchio atterrare Lee, mentre il ragazzo mi fa inciampare. Ben presto mi ritrovo anch'io con un ginocchio sulla schiena e i polsi legati. Non emetto un suono di protesta. Quando vengo rimessa in piedi sono un po' ammaccata, ma senza niente di rotto.

Gli occhi fissi a terra, un taglio sul viso, Lee recita la sua parte a meraviglia. Cerco di imitarlo, ma di tanto in tanto mi sfuggono occhiate furtive ai carcerieri.

«Dove li portiamo?» chiede il ragazzo.

«Alla tenuta. Con questi due, anche se rientriamo prima della fine del turno non ci dirà niente nessuno.»

«Forse il generale Nolan si accorgerà di noi!»

«Buona idea» dice il vecchio. «Farò in modo che sia informato.»

Accidenti, non ci voleva. Speravo ci portassero direttamente al campo. Se ci tengono "alla tenuta" per più di un giorno, siamo fritti: difficilmente riusciremo a trovare Gabby e a scavalcare il recinto nel momento in cui sarà disattivato.

Pochi minuti dopo, arriviamo di fronte alla residenza più grande che abbia mai visto, un complesso massiccio che emana un sinistro fascino. Le colonne bianche e il prato curato alla perfezione sono decisamente fuori luogo, rispetto alle Colonie come le ho viste sinora – tante rovine divorate dalle foreste. Mi domando se chi sta qui faccia caso ai campi di schiavi, che devono essere vicini, o se ha come unica preoccupazione quella di lanciare il più lontano possibile una palla da cricket. Ciò che mi colpisce di più sono i due bambini che si rincorrono sul prato con un grosso cane bianco: la loro innocenza è aliena in questo posto, che pullula di soldati.

«Cammina» dice il giovane, spingendomi oltre l'ingresso.

Fra i tanti corridoi, ci infiliamo in uno fiocamente illuminato. Un brivido premonitore mi scorre lungo la schiena appena noto la parziale impronta rossa di una mano sullo stipite di una porta: sangue, penso subito. Dopo varie svolte, ci fermiamo davanti a un'altra porta con una serratura complessa. Il vecchio cerca la chiave giusta nel mazzo che ha recuperato in un locale all'ingresso e, dopo aver aperto, uno alla volta ci slega i polsi e ci spinge dentro. La forza della sua spinta mi fa cadere gattoni mentre la porta si richiude sbattendo.

Questa non è la stanza di una casa. È una cella, come quelle delle prigioni: non ci sono finestre, l'unica luce proviene da una lampadina che pende dal centro del soffitto. Non abbiamo via di scampo.

Una serie di colpi di tosse mi fa sobbalzare: rannicchiato in un angolo c'è un giovane, che lentamente si sposta nel cono di luce. Appena vedo quant'è malmesso, indietreggio verso la parete: ha tagli sbavati di sangue rappreso, gli occhi pesti e probabilmente il naso rotto. Deve provare un dolore atroce.

«Chi sei?» gli domanda Lee, mentre io sono ancora imbambolata a fissarlo.

«Jeremy» gracchia, colto da un altro attacco di tosse.

«Alba» dice Lee indicandomi, «e io sono Lee».

Jeremy ci fissa, poi torna nell'angolo e chiude gli occhi.

Ma dove ci siamo cacciati?

CAPITOLO 37
GABBY

«*G*abby?»
    «*Sono qui.*»
«*Sto morendo?*»
«*Presto starai meglio.*»
«*Gabby?*»
«*Sì?*»
«*Ho paura.*»
«*Anch'io, Claire. Anch'io.*»

CAPITOLO 38
GABBY

«Non lasciarlo qui a morire. Dovete uscire dal campo. Scappate.»
«Scappate.»
«Scappate.»
«Scappate.»

Mi dispiace, Claire. Ho infranto la promessa che ti avevo fatto. Jeremy è morto e presto morirò anch'io.

CAPITOLO 39
GABBY

L'ospedale è alle mie spalle. Le suole delle mie scarpe ticchettano sul marciapiede del viale alberato. Ce l'ho fatta! Alba è malata, ma ora ho la medicina che la farà guarire. Non potevo restare con le mani in mano. Lei è l'unica cosa buona che è rimasta nella mia vita. Ho promesso anni fa che non l'avrei mai delusa. Non risaliranno mai a me, è impossibile: ho fatto evacuare tutti gli edifici dell'ospedale per confondermi tra la folla. Ormai gli allarmi sono solo un rumore lontano.

Continuo a sgambettare fino al nostro palazzo. È il quinto posto che usiamo quest'anno: il governo non tollera gli abusivi neanche nel malfamato East End. Siamo state in case pignorate, cantieri sospesi, ultimamente giriamo tra gli edifici abbandonati. Ovunque ci piazziamo, faccio in modo che Alba continui ad andare a scuola. Ci vado anch'io, ma è lei quella intelligente. Farà una carriera brillante. Sono sicura che verrà selezionata per l'università. Non voglio che i nostri problemi di orfane la ostacolino.

Arrivo nella stanza che abbiamo dichiarato nostra. Alba sta dormendo per terra. La scuoto delicatamente per una spalla: «Svegliati, ti ho portato la medicina». Niente. Provo a controllarle il polso.

Vado in panico un istante prima di riuscire a sentirlo. È debole, ma c'è.

Sono troppo tesa per essere delicata nell'iniettarle il farmaco per cui ho rischiato alla grande. Poi aspetto. Le ore successive sono tra le peggiori che ricordi.

D'un tratto sbatte le ciglia e apre gli occhi. Ho un tuffo al cuore: sta bene.

«Acqua, per favore» gracchia.

Ne accosto alle sue labbra un bicchiere pieno.

«Come …?»

Faccio spallucce. Non ho intenzione di dirle che l'ho rubata. Non approverebbe. Non lo capisce, che farei qualsiasi cosa per lei. Andrei oltre i confini del mondo pur di mantenerla in salute e al sicuro.

«Alba, ti voglio bene» mormoro.

Almeno è a Londra, lontano da questo inferno.

.

CAPITOLO 40
ALBA

Se andiamo avanti così, il nostro piano salta e finiremo per essere picchiati a sangue come Jeremy. Dice che l'hanno ridotto così perché è stato preso fuori dal recinto. Be', anche noi siamo stati presi fuori dal recinto. Stupidamente avevamo dato per scontato che ci avrebbero internato subito nel campo di schiavi.

«Mi sembra di conoscerti» dice Jeremy a fatica. «Come hai detto che ti chiami?»

«Alba.»

«Alba» ripete pensieroso. Dopo una manciata di secondi, vedo un barlume di riconoscimento nei suoi occhi. «Sei la sorella di Gabby?» sussurra, quasi temesse di essere origliato.

«Conosci Gabby?» chiedo con urgenza.

Annuisce.

«Sta bene?» Getto un'occhiata a Lee, che ci ascolta con attenzione.

«L'ultima volta che l'ho vista, sì.»

«Le hanno fatto del male? È ferita?»

«Ha passato momenti difficili, ma è una tosta.» Da come parla di lei, è evidente che l'ammira.

«Sì, è vero.» Tiro un sospiro di sollievo: non sono venuta fin qui per niente. C'è ancora una possibilità.

«Tutto bene?» mi chiede Lee, sedendosi vicino a me.

«Sì.»

«Che ci fate qui?» chiede Jeremy.

«Siamo venuti a prenderla» rispondo io.

«Ah! Verrebbe a prenderti lei, ma a calci, se sapesse che stai rischiando la vita.»

Sorrido. Conosce mia sorella. «Faccia pure, dopo che l'avremo fatta evadere.»

«E come pensate di riuscirci?»

Del sarcasmo. A Gabby piace fare del sarcasmo. Non c'è da meravigliarsi se lui è un suo amico. Più uno fa lo stronzo, più le piace. «Vedrai che non restiamo qui tanto» gli dico, anche se non ci credo fino in fondo.

«C'è qualcosa che devi sapere.»

«E sarebbe?»

«Vostro padre.»

«Che c'entra nostro padre?»

«È vivo.»

«Cosa?!» Mi manca il fiato. Avanti Alba, inspira ed espira.

«È qui. Lo chiamano generale Nolan.»

«Vivo» ripeto incredula, mentre mi viene in mente il militare giovane. «E come sai...»

«È venuto da me a chiedere di Gabby» mi interrompe Jeremy. «Non gli ho detto niente finché non mi ha rivelato chi è.»

«Impossibile. Ricordo quand'è morto. È stato un incidente stradale.»

«O così ti hanno detto. Eri presente?»

Non so che dire. Di quel giorno ho ricordi frammen-

tati. La reazione di mia madre è quello più nitido che ho.
Lee mi prende per mano. Sto tremando. Mio padre nelle
Colonie? Ricordo ben poco di lui. L'immagine che mi è
rimasta è di un uomo gentile e affettuoso. Sarà lo stesso di
allora? Ma se è qui, vuol dire che ci ha lasciate. Che ci ha
fatto credere di essere morto. Che ci ha abbandonate a una
vita di stenti. Non è migliore di un ubriacone. E la
mamma? Ma lui lo sa come ha reagito lei alla sua morte?
Gliene importa qualcosa? Che farà quando scopre chi
sono? Sa che Gabby è al campo, ma non ha fatto niente
per tirarla fuori.

«Assomigli a tua sorella» dice Jeremy, interrompendo il
flusso dei miei pensieri.

Mi vien da ridere. «Stai delirando. Tu non mi conosci.»

«Sai, Gabby non mi piaceva per niente, appena è arrivata. Mia sorella si era attaccata a lei. Ero preoccupato.»

«Be', tua sorella è intelligente. Gabby è una che vuoi
dalla tua parte.»

«Già, me ne sono accorto.»

CAPITOLO 41

GABBY

«Giro giro tondo,
gira il mondo,
gira la Terra,
tutti giù per terra!»

«Gabby, non tirarla giù così forte, sennò le fai male.»
A me invece sembra che Alba si diverta un sacco. Mamma sta apparecchiando in giardino: oggi facciamo un barbecue col vicinato. Vengono tutti i miei amici, quindi spero tanto che Alba non mi stia appiccicata tutto il tempo. Avere una sorella piccola certe volte è come avere una palla al piede.

Mamma ha già preparato un'insalata di patate e papà stamattina ha detto che tornava a casa presto per darle una mano. Sarà una festa bellissima. Fuori fa caldo, se più tardi vogliamo rinfrescarci ho già il permesso di accendere l'impianto di irrigazione a spruzzo. Noi abbiamo giochi più belli di quelli dei miei amici. Nessuno di loro ha l'impianto di irrigazione o la casetta per bambini. Basta però che non ci mettiamo a correre. Mamma si è arrabbiata tantissimo l'ultima volta che abbiamo urtato le piante e si sono staccati un po' di fiori. Lei adora i fiori.

Rientro in casa con Alba alle calcagna. È fastidioso quando mi segue come un cagnolino. «Mamma?» la chiamo gentilmente, senza gridare. Ci tiene tanto a insegnarmi le buone maniere: farla contenta non mi costa niente.

«Sì, cosa c'è?»

«Posso chiamare papà per chiedergli quando arriva?» Adoro quando viene a casa presto, perché gioca con noi. Mamma sorride. È così bella. Mi passa il telefono col numero già selezionato. Suona libero. Mi piace usare il telefono: mamma ogni tanto mi permette anche di chiamare i miei amici.

«Pronto.»

«Ciao papà! A che ora arrivi?» grido come se fosse sordo. Alba intanto cerca di portarmi via il telefono. Ma perché non mi lascia stare?

«Ciao splendore! Parto adesso. Stai aiutando la mamma?»

«Sì. Ha detto che possiamo giocare tra gli spruzzi dopo!»

«Bene! Ascolta: parto adesso. Ti voglio bene. Non dimenticarlo mai. Voglio bene anche alla mamma e a tua sorella. Ora e per sempre.»

«Sì papà! Ti voglio bene anch'io!» Riaggancio senza salutare. Alba si mette a piangere perché non gliel'ho passato. Possibile che sia così rompiballe? La pianto lì ed esco a vedere se i miei amici sono già arrivati.

Un paio d'ore dopo rientro per prendere un asciugamano. Sono bagnata fradicia. Mamma non c'è. Papà neanche. Forse è arrivato ma non l'ho ancora visto. Mentre torno fuori mi scontro con Alba, che cade e si mette a piangere. Non arriva nessuno a tirarla su. Strano. Le dico che non è successo niente, ma non mi dà retta, tanto per cambiare.

Chi ha invitato la polizia? Non sapevo avessimo amici tra i poliziotti. Non mi piace. Mamma sta parlando con loro. Si è accorta che la guardo. Appena la macchina della polizia si allontana, se ne va anche lei, a piedi, senza spiegazioni.

«Mamma!» la chiamo. Niente, non si gira. Invece arriva Gail, la nostra vicina di casa, mi prende per mano e mi riporta verso casa.

Lungo il vialetto si ferma per prendere in braccio Alba, che frigna ancora. Ci porta dentro e ci fa sedere sul divano. Provo disagio: mamma si arrabbierà perché lo stiamo bagnando.

«Bambine» dice Gail, «il vostro papà ha avuto un incidente».

«Oh non fa niente. A me capitano incidenti tutto il tempo. Basta un cerotto. Non piango neanche. Quando arriva a casa?»

«Non viene più a casa, mi dispiace.»

Mi sveglio di soprassalto. Il dolore di quel momento si riaccende, intenso come allora. Dicono che prima di morire ti scorre la vita davanti agli occhi. Forse il gran caldo sta per uccidermi.

CAPITOLO 42
ALBA

U n rumore mi sveglia. Lee e Jeremy sono già all'erta quando due soldati entrano, si posizionano ciascuno a un lato della porta, ignorandoci completamente, e, appena un terzo uomo varca la soglia, alzano il braccio in segno di saluto. È invecchiato, ma riconosco i suoi lineamenti: per la prima volta da quand'ero piccola, sono in presenza di mio padre. Si fa avanti e ispeziona la cella con lo sguardo, soffermandosi su me. Non dà segno di avermi riconosciuta.

«Potete andare» ordina ai soldati, che obbediscono senza battere ciglio. «Tu, vieni con me» dice puntando un dito nella mia direzione.

Lo seguo. Siamo qui da poche ore e ho già le gambe intorpidite. Appena siamo fuori, richiude la porta a chiave.

«Da questa parte.»

Mi guida lungo il corridoio in penombra. Giriamo a destra, poi a sinistra. È come un labirinto, questo posto. Sento una musica provenire dall'esterno. Sarà la festa di cui parlavano i soldati. Ripenso ai bambini che avevo visto prima. Avranno più o meno la stessa età che avevamo

Gabby e io alla festa che ha cambiato le nostre vite per sempre. Io non ho ricordi nitidi, ma Gabby mi ha raccontato la storia così tante volte che è come se i suoi ricordi fossero i miei. Ci fermiamo davanti a una porta che non ha niente di diverso dalle altre. Lui la tiene aperta perché io entri, poi mi segue e la chiude.

«Siediti.»

Con mia sorpresa, siamo in un posto accogliente. Sia a destra, sia a sinistra ci sono morbidi divani di velluto lungo le pareti azzurro chiaro, un colore che potrebbe essere confortante in qualsiasi altra circostanza. L'illuminazione è calda e più brillante che nelle parti dell'edificio in cui sono già stata. Al centro della stanza c'è una scrivania di legno scuro. Scelgo di sedermi sul divano più lontano dalla scrivania, più lontano dall'uomo che mi ha abbandonata, ma lui prende una sedia e si piazza proprio di fronte a me.

«Chi sei?»

Sono senza parole. Che faccio, gli dico la verità? Ovvio che sa di Gabby. Ovvio che non ha fatto niente per lei.

«Non sei una schiava» continua incalzante. «Li ho fatti contare nel pomeriggio e non manca nessuno.» I suoi occhi si riempiono di sospetto e siccome non rispondo, grida: «Parlami, dannazione! Chi sei?».

«Il mio nome» dico a denti stretti «è Alba, Alba Nolan».

Resta lì a fissarmi, poi all'improvviso sgrana gli occhi e si porta una mano alla bocca, coprendola. «Perché sei qui?» chiede poco dopo.

«Tu che ne pensi?» sbotto lanciandogli uno sguardo malevolo. Che delusione. D'altro canto, cosa mi aspettavo? Una spiegazione? Delle scuse? Dubito che avrò mai né l'una, né le altre.

Si alza e inizia a fare avanti e indietro per la stanza. «Non saresti dovuta venire. Questo è un posto pericoloso.»

«Io non abbandono la mia famiglia. Mi è rimasta solo Gabby. Tutti gli altri sono morti.» Mi rendo conto che le mie parole gli fanno male. Eppure, visto come sono andate le cose, il fatto che sia mio padre non mi basta per considerarlo uno di famiglia.

«Alba…»

«Piantala! A meno che tu non abbia una spiegazione plausibile per averci abbandonate a una vita di stenti, non voglio sentire altro. Voglio solo mia sorella.»

Il dolore gli sconvolge il viso. «Cos'hai in mente di fare?» chiede, appena si è ripreso. «Anche se ti sembra impossibile, puoi fidarti di me. Farò di tutto per aiutarvi.»

«Ah sì? E come so che non ci tradirai? Non ti conosco. Sei solo un maledetto soldato!»

«Non puoi non fidarti. Da sola fallirai.»

«Da quando sei sparito, abbiamo sempre fatto *tutto* da sole!» grido, anche se i suoi occhi mi implorano di accettare l'unica cosa che ha da offrirmi. Respiro per calmarmi. «E va bene» decido infine. «Dopodomani al tramonto il recinto sarà senza elettricità.»

«Mi occupo io delle guardie.»

Devo ringraziarlo? Macché! Restiamo in silenzio finché non riesco più a trattenere la domanda che mi brucia dentro: «Perché sei andato via?».

«Non è stato facile. Sembrava l'unico modo di proteggervi. Cerca di capire. Non puoi rifiutarti di obbedire agli ordini. Se lo fai, eliminano le ragioni per cui ti rifiuti. Sarebbero venuti a prendervi. Vostra madre…»

Qualcuno bussa alla porta. «Va tutto bene, signore?» chiede una voce esitante da fuori. Devono aver sentito le nostre grida.

«Sì. Mandami Rad e Jeff» abbaia mio padre, spalancando la porta. «Alzati, schiava!» Il suo umore è cambiato repentinamente davanti al soldato, che è già sparito dietro l'angolo. Torniamo alla cella, da cui fa uscire Lee. «Rad! Jeff!» chiama spazientito, ma prima che arrivino, si china per sussurrarmi nell'orecchio: «Dovete andare a ovest».

«Sissignore» dicono i due all'unisono.

«Riportate gli schiavi al campo. E tirate fuori la ragazza dal gabbiotto. È stata dentro abbastanza.»

Quale ragazza? Un gabbiotto? In fondo non mi interessa. Presto rivedrò mia sorella. Solo questo è importante.

CAPITOLO 43
ALBA

L'aria aperta è uno shock per i sensi, dopo la reclusione in cella. La musica della festa risuona nella notte afosa e appiccicosa. D'impulso cerco di schiacciare una zanzara che mi sta pungendo sul collo, ma la manco e finisco per colpirmi in faccia con le catene che mi hanno messo ai polsi. Più ci allontaniamo dalla residenza, più scarseggia l'illuminazione, più si attutisce la musica. Alla fine restano solo la luce della torcia elettrica che tiene in mano uno dei soldati e il rumore degli insetti notturni. Odio gli insetti. Dopo essermi data inutilmente una serie di schiaffi, mi arrendo al fatto che domattina mi ritroverò piena di punture.

Arrivati all'ingresso del campo di schiavi, i soldati ci fanno entrare, ci tolgono le catene e, dopo aver richiuso il cancello, si allontanano all'interno senza badare più a noi. Lee mi indica un falò in lontananza che rischiara delle capanne. «Andiamo» gli dico. Devo trovare Gabby. Dobbiamo essere pronti a fuggire entro dopodomani al tramonto – sperando che Drew e Sam riescano a manomettere il generatore.

Al nostro arrivo abbiamo gli occhi di tutti puntati addosso. Nessuno parla, nessuno si muove tranne una donna, che ci viene incontro: «Oggi non è arrivato un gruppo nuovo. Da dove venite?».

«Ci hanno preso fuori dal campo» risponde Lee, scatenando un mormorio nervoso.

«Sentite come parla!» dice un uomo con tono accusatorio. «Non è inglese!»

Lee indietreggia, trascinandomi con sé.

«Aspettate» dice la donna, «siete americani?».

«Lui sì, io no» rispondo mettendomi fra i due.

«Mi chiamo Amanda» si presenta lei, evidentemente sorpresa di trovarsi faccia a faccia con un Americano.

«Lui è Lee e io sono Alba.» Faccio per allontanarmi con lui, perché mi sembra che abbiamo già perso abbastanza tempo in chiacchiere, ma lo sguardo della donna mi blocca. Sta osservando qualcosa alle mie spalle. Mi giro: al di là del piazzale del campo, i due soldati stanno armeggiando intorno alla porta di una baracca che mi ricorda le latrine esterne di una volta. È sospesa su una struttura di tronchi, tipo palafitta. Dev'essere il "gabbiotto" di cui parlava mio padre.

«Finalmente la fanno uscire» sussurra la donna, avviandosi in quella direzione.

Incuriosita, la seguo. Mentre ci avviciniamo vedo i soldati spalancare la porta, sporgersi all'interno e trascinare fuori una persona esanime.

«Oh mio Dio» mormora Lee alle mie spalle.

I soldati richiudono il gabbiotto e se ne vanno senza curarsi della persona riversa a terra. Vista da dove siamo, sembra una ragazza.

«Sarà morta?» chiedo a Lee.

«Non so.»

Quando i soldati sono fuori dal nostro campo visivo,

Amanda si precipita da lei. «Oh no, no, no…» mormora. Poi, rivolgendosi a Lee: «Per favore, aiutami a portarla nella sua capanna». Dopo che l'hanno adagiata sul suo giaciglio, inizia a lavarle il viso con un panno umido sussurrandole in continuazione: «Coraggio tesoro, svegliati».

Appena ha rimosso lo strato di sporco, mi sento mancare il fiato. Sposto indietro i capelli della ragazza per guardarla bene in viso. «Gabby?» la chiamo con voce incerta. Mi chino per toccarle la fronte con la mia, poi sollevo gli occhi verso Amanda. «Vivrà?»

«La conosci?»

Annuisco.

«È forte. Si riprenderà.»

«Dunque è lei» dice Lee con reverenza. «È sopravvissuta.» Intuisco che sta ripensando alla ragazza che amava. «Ho bisogno d'aria» mormora prima di uscire a gran passi dalla capanna.

Appena in tempo. Mio padre l'ha fatta tirare fuori appena in tempo.

CAPITOLO 44
GABBY

No, no, no… *Devo continuare. Non posso fermarmi adesso. Ci sono quasi. Corro, corro sempre. Solo che stavolta non ricordo perché, né dove. Tengo i piedi in movimento. Accidenti se fa caldo. Sto sudando come un maiale. Sarà davvero bello quando arriverò. È strano. Se penso a chi ci sarà, non mi viene in mente nessuno. Ma dev'essere importante, perché sto correndo molto veloce. Mi piace correre. Il vento nei capelli e il paesaggio che scorre mi fanno sentire invincibile, come se fossi alla conquista del mondo. Che idiozia. Sono una vera cretina. Non conquisterò mai un bel niente in vita mia, le conquiste sono cose per mia sorella. È lei quella intelligente. Che strano, non ricordo come si chiama. Niente sembra familiare qui, tranne la sensazione dei piedi che colpiscono il suolo. Mi sento come se corressi da sempre, ma non sono affatto sfinita. Penso che continuerò un altro po'. Strano però: sento fresco sul viso e una mano nella mia.*

CAPITOLO 45

ALBA

Il mattino porta con sé una serie di preoccupazioni e di paure: Gabby si agita continuamente nel sonno. La sua mano è aggrappata alla mia, mi aspetto che i suoi occhi si aprano da un momento all'altro, con tutti i movimenti che fa: i piedi scalciano, le braccia tremano e il respiro è rapido, ma niente, non si sveglia.

«Probabilmente sta solo sognando» dice Amanda con calma. La sua presenza mi fa sentire meglio. Ci tiene molto a mia sorella, si vede, ma è strano che sia l'unica persona del campo che passa a controllare come sta, considerato che Gabby è qui da più di un mese e che è sempre stata brava a conquistare la simpatia della gente.

E se non si sveglia in tempo per la fuga, domani? Sarà stato tutto inutile?

Ogni tanto fa dei versi. Ogni volta che mormora parole confuse la scruto intensamente, convinta che stia tornando in sé, ma ogni volta rimango delusa.

Amanda non ci ha più fatto domande. Non le ho detto che Gabby è mia sorella. D'altro canto, se hanno avuto modo di conoscersi, l'avrà indovinato. È una donna intelligente.

Anche Lee parla poco, perso com'è nei suoi ricordi.

La capanna si riempie all'improvviso delle urla di Gabby: è come impazzita, agita la testa da un lato all'altro, faccio fatica a tenerla ferma. Quando smette di gridare, spalanca gli occhi. Finalmente è sveglia.

«Gabby, va tutto bene, sono qui.»

Pian piano volge la testa. «Alba?» gracchia incredula.

«Sono davvero io, Gabs.» Sento le lacrime rigarmi il viso. Dunque no, non è stato tutto inutile!

Lei solleva un braccio, accoglie la mia guancia nel palmo della mano e poi… mi dà uno schiaffo! E mi sgrida pure: «Che cazzo ci fai qui? Sei matta?».

Be', direi che sta già meglio. «Sono venuta a liberarti.»

Fa per parlare, ma una fitta di tosse non glielo consente. Lee le porge una scodella d'acqua, che lei trangugia avidamente per poi ritornare alla carica: «Sei un'idiota. Perché non fai mai quello che ti dicono? Avresti dovuto rimanere a Londra. Questo non è un posto adatto a una come te».

D'accordo che ha passato le pene dell'inferno, ma io vengo fin qui per lei, e lei che fa? Mi dà dell'idiota? Ah, meglio se sto zitta. Neanche se la merita, una risposta. Sono settimane che lotto per raggiungerla, e le sono bastati pochi secondi per mettermi di malumore.

«E tu chi cazzo sei?»

«Gabs, lui è Lee. Mi ha aiutato a trovarti e ci tirerà fuori di qui.»

«Dunque è colpa tua, se mia sorella è stata rinchiusa in questo posto infernale?»

Impietrito dalla sua ruvidità, Lee, che le ha di nuovo riempito la scodella d'acqua, gliela lascia vicino e indietreggia, senza però farsi intimidire: «Sì, e se vuoi puoi anche incolparmi perché domani ce ne andiamo». Poi si mette a fissarla con le braccia conserte.

«Non si può scappare. Ci ho provato» dice torva.

Eh, certo, probabilmente è per quello che l'hanno rinchiusa nel gabbiotto. «Sì che si può.» Le prendo la mano. «Abbiamo amici fuori che ci aiutano.»

Lei fa per ribattere, ma è ancora priva di forze.

«Riposati. Devi riprenderti.»

Mentre si rimette tranquilla, Lee e io usciamo dalla capanna. Io mi fermo di fianco all'ingresso, mi siedo per terra con la testa china appoggiata sulle mani e lo sguardo basso.

Pochi minuti dopo una voce mi fa sobbalzare: «È sveglia?».

Alzo gli occhi: è Amanda. «Sì, sveglia e stronza come al solito. È proprio mia sorella.» Mi appoggio contro il muro mentre lei entra.

Dopo un po' rientro anch'io. Seduta di fianco al giaciglio, Amanda sta dando da mangiare a Gabby. Be', almeno lei sa farsi ascoltare da mia sorella. Tutte e due mi guardano: Amanda sorride, ma sul viso di Gabby vedo alternarsi diverse emozioni.

Mi siedo sul bordo del giaciglio, le prendo una mano e me la stringo al cuore. Gabs fa lo stesso con me. È un gesto che ci aveva insegnato nostra madre: la famiglia viene prima, al diavolo il resto del mondo. Se solo fosse stato così anche per i nostri genitori!

CAPITOLO 46

GABBY

Non riesco a dare un senso alle mie emozioni. Mia sorella è qui. È venuta per me. L'hanno rinchiusa nel campo di schiavi. È tutta colpa mia. Prima l'ho fatta incazzare solo per spegnere un po' della rabbia che nutro verso me stessa. Pensavo che fosse al sicuro lontano da qui, ma appena l'ho vista, la mia prima, spontanea reazione è stata essere dannatamente felice di riaverla accanto.

E mi faccio schifo per questo?

«Tua sorella ti vuole molto bene» dice Amanda.

Spilucco qualcosa dal piatto che mi ha appena allungato. «Non sarebbe dovuta venire.» Lo dico davvero? O sono solo parole di circostanza?

«Ti vuole bene.»

«L'ho offesa.»

«Ci passerà sopra.»

Sicuramente. È Alba. Lei è fatta così: mi perdona sempre. Il vero dubbio è, piuttosto, se *io* riuscirò mai a perdonarmi per essere finita qui. «Chi è il tizio che sta con lei?» Alba tende a fidarsi troppo anche di chi non dovrebbe. È fortunata ad avere me. Io non mi fido mai di nessuno.

«Non parla tanto. Penso sia americano.»

Americano? Cioè? Lasciamo stare. In fondo non me ne frega niente. Loro due dicono che si può scappare. Dopo quel che è successo, a Jeremy prima, e a me poi, non so neanche se vale la pena di riprovare. Mi fido di Alba, ma quel Lee non lo conosco, tanto meno quelli fuori che dovrebbero aiutarci. Sto per fare un'altra domanda ad Amanda, quando Alba rientra, si avvicina, mi prende una mano e se l'appoggia sul cuore. Senza pensarci due volte, faccio lo stesso con lei.

Nel silenzio tra noi si insinuano solo i rumori attutiti provenienti dall'esterno. È così strano che lei sia qui, ma ne sono davvero felice. Non è la stessa Alba che ho lasciato a Londra. C'è qualcosa di diverso in lei, anche se per ora non riesco ad afferrarlo.

«Domani ce ne andiamo.»

Sta scherzando! Ma se non riesco ancora ad alzarmi da sola! «Per rimettermi in forze mi serve più tempo.»

«Non ne abbiamo.» Stavolta è Lee che parla. «C'è solo una possibilità: domani al tramonto.»

«Non si può rimandare?» insisto.

«Gabby, Lee ha ragione» dice Alba.

«E allora, quale sarebbe il tuo grande piano?» chiedo a Lee col tono più sarcastico di cui sono capace.

Alba risponde al posto suo: «Domani al tramonto i nostri amici toglieranno l'elettricità al recinto per pochi minuti. È davvero l'unica possibilità che abbiamo».

«E come faranno?»

«Tu non ti preoccupare» taglia corto Lee.

CAPITOLO 47
GABBY

Non riesco a prendere sonno. Sono troppo agitata. Appena mi tiro su a sedere ho un *deja vu*, la stessa sensazione di quando mi hanno tirata fuori dal gabbiotto la prima volta. Anche allora c'era Amanda a curarmi. E c'era Claire.

Appoggio i piedi per terra. Ho bisogno di alzarmi. Al primo tentativo mi cedono le gambe e ricado seduta sul giaciglio. Al secondo barcollo, ma ci riesco. Con tutto il caldo che ho patito, ero parecchio disidratata. Amanda mi ha fatto bere acqua in continuazione, tant'è che mi scappa la pipì praticamente ogni ora. All'inizio erano lei e Alba a sostenermi mentre la facevo nel secchio. È stato davvero imbarazzante. Per fortuna riesco già ad arrangiarmi da sola.

Alba e Lee dormono nella mia capanna: c'è poco spazio per muoversi. Stando attenta a dove metto i piedi li aggiro ed esco a far pipì.

Più cammino, più mi sento meglio. Spero di essere il più in forma possibile entro domani, perché mi sa tanto che ci sarà da correre ancora.

È tardi, il falò è spento e sono tutti a dormire. Ormai conosco il campo abbastanza bene da saperlo percorrere agilmente al buio; ogni tanto però inciampo, rischiando di cascare per terra come un sacco di patate: le mie gambe non sono ancora in grado di reggermi stabilmente. Mentre raggiungo un punto adatto, sono sollevata nel constatare che le pattuglie di soldati non sono più una presenza costante.

Di ritorno alla capanna, mi siedo fuori un momento a guardare il cielo stellato. È così bello che quasi mi dimentico dove sono. A riportarmi indietro c'è il rumore di qualcuno che russa nella capanna: sarà Alba, Lee, o tutti e due? Con una risatina rientro, sperando di riuscire a dormire almeno un po'.

CAPITOLO 48
ALBA

Guardo Lee che russa piano e rido in silenzio; ridere fa bene, anche solo per un secondo. Oggi è il grande giorno: o portiamo a termine l'impresa per cui ci siamo spinti tanto lontano, o moriamo provandoci. Stranamente non ho paura. A Londra ero un coniglio schifoso: troppo impaurita, troppo timida per vivere davvero la mia vita. Era un'esistenza piatta, non sapevo cosa mi stavo perdendo. Non voglio regredire a com'ero, anche se adesso la mia vita si fa ogni giorno più rischiosa.

Decido di non alzarmi subito. Da stasera tutto si complica: diventeremo dei fuggitivi. Non mi illudo che potrò vivere felice e contenta con mia sorella nelle Colonie. Sapevo in cosa mi stavo cacciando quando sono venuta qui. E lei andrà fuori di testa, quando le dirò che nostro padre è ancora vivo. Non posso sconvolgerla adesso: la sua collera potrebbe rovinare i nostri piani. E poi c'è Drew. Potrebbe mettersi anche peggio.

Gabby non sa che è qui. Capisco perché Lee non glie-l'ha detto – lui non sa niente della loro storia – ma io? La renderebbe felice sapere che c'è anche Drew. Penserebbe che è venuto per lei, visto che lui non le ha mai parlato di suo fratello. E non le verrebbe mai il sospetto che potrebbe esserci del tenero fra noi. *Potrebbe*, perché i miei sentimenti per lui sono talmente contorti e confusi che non saprei rispondere, se lei mi facesse domande. Sicuramente tra le due sorelle Drew sceglierebbe Gabby, perché lei è… be', è Gabby. Ma non lo metterò nella posizione di scegliere. Non voglio sottoporre né me, né lei a questo. Come ho sempre fatto, seppellirò ogni mio sentimento, almeno per adesso.

Mi alzo e vado alla porta: Gabby è fuori a parlare con Amanda. Quando mi avvicino si girano entrambe.

«Buongiorno Alba» dice Amanda. La conosco appena, ma ammetto che questa donna ha un'indole materna che ti fa sentire subito amata.

«Ciao. Stiamo esaminando il vostro piano.» Ecco Gabby che assume il comando, tanto per cambiare.

«Vieni con noi?» chiedo direttamente ad Amanda. Fosse chiunque altro a volerci seguire mi opporrei, perché non abbiamo molto tempo per scavalcare il recinto, ma al pensiero di lasciare indietro lei mi si stringe il cuore.

«Oh cara, non oso immaginarlo. Non sono mai uscita dal campo. E poi non me la sento di abbandonare questa gente.»

La mia domanda sembra averla colta di sorpresa. allora perché stavano esaminando il nostro piano?

«Oggi nessuno andrà a lavorare» interviene Gabby, notando il mio sguardo confuso. «Abbiamo appena saputo che stanotte i frutteti si sono allagati per un guasto all'impianto d'irrigazione e i capi non hanno dato disposizioni. Vuol dire che tanti saranno in giro a fare niente proprio quando noi cercheremo di sparire. Amanda ci aiuterà.»

«A fare cosa?»

«Non possiamo fidarci di nessuno. Stando qui anni e

anni, molti sono diventati dei robot. Se uno di questi idioti ci scopre, è sicuro che ci denuncia. Amanda farà in modo di tenerli occupati.»

Capisco che non vuole sprecare altro tempo a spiegarmi. Non ha mai avuto pazienza, mia sorella; d'altro canto io l'ho sempre assecondata senza fare domande. A quanto pare, certe cose non cambiano mai.

CAPITOLO 49
ALBA

L'attesa è una tortura. Il giorno si dipana in un'infinita serie di momenti noiosi. Il campo intero sembra ronzare di energia nervosa. Immagino che, se sei schiavo da una vita, quando non ti danno del lavoro da sbrigare, non sai come occupare il tempo. La tensione aumenta via via che i minuti passano.

Il piano c'è, ognuno di noi sa cosa fare, dunque non ci resta che aspettare il tramonto. Parliamo poco. Ci siamo già ripetuti le cose importanti. Abbiamo salutato Amanda ringraziandola di tutto. Radunerà le persone intorno al falò ben prima del solito. È necessario che più gente possibile sia da quel lato del campo per poterci muovere indisturbati.

Continuo a pensare a Drew e Sam. Stasera li rivedremo. Ci siamo separati pochi giorni fa, ma sono successe talmente tante cose che mi sembra passata un'eternità. Vedo che Lee è ansioso di tornare da Sam. Con quel che ha perso in un campo come questo, per lui dev'essere tremendo stare qui, ma provo un tale sollievo ad averlo accanto che temo di star diventando egoista.

Sono ancora persa nei miei pensieri quando sento un lieve tocco su una spalla. «È ora» sussurra Lee, senza fermarsi.

È come essere in sogno, come camminare sulle nuvole: il mio corpo avanza e la mia mente è altrove, non ha il controllo sui movimenti delle gambe.

Ci siamo.

CAPITOLO 50

GABBY

Il cielo s'incendia a ovest: il sole sta calando in un glorioso tramonto striato di rosa e arancione. Tra poco farà buio.

È ora di muoversi. Lee e Alba mi hanno appena raggiunto. «Sei pronta?» chiedo ad Alba, toccando il suo braccio col mio.

«Sempre» risponde lei, con un sorriso nervoso.

Scuoto la testa. Mia sorella è cambiata, non c'è dubbio.

Rimaniamo lì a guardarci un attimo, mentre dall'altro lato del campo iniziano a levarsi voci e suoni festosi. Una volta tanto, sembra che si divertano davvero. Dev'essere opera di Amanda. Il primo passo è fatto.

Con un cenno del capo, invito Lee e Alba a seguirmi. Per ridurre il rischio che qualcuno ci veda, ho scelto un tratto del recinto che è piuttosto lontano dal falò e in mezzo a una macchia d'alberi. Quando l'avremo attraversato, dovremmo riuscire ad arrivare al punto di ritrovo senza problemi.

Avvicinandomi sento un debole ronzio. Strano. Non

c'era dov'ero uscita con Jeremy. Tendo un braccio per afferrare il filo, ma Alba mi spinge via bruscamente.

«Non lo senti, il ronzio? È l'elettricità.»

«Ma non dovevano toglierla i tuoi amici?»

«Sii paziente» mi ammonisce Lee, ponendo fine a un quasi-litigio tra sorelle.

La pazienza non è uno dei miei punti forti: il sole è tramontato, si sta facendo buio e il ronzio ancora non cessa. Forse è andato storto qualcosa. Vedo che anche Lee e Alba sono preoccupati. Più rimaniamo qui, più aumenta la probabilità di venire catturati. Non voglio rischiare. Quando però mi giro per tornare al campo, Alba mi trattiene per un braccio.

«Ora lo spengono, Gabs.»

«Ah sì? Prima o dopo che finiamo nel gabbiotto?»

«Piantala di…» Il recinto smette di ronzare, togliendole le parole di bocca.

«Andiamo» dice Lee.

Vado io per prima: sollevo il filo in basso e ci passo sotto. Poi è il turno di Alba, infine di Lee. Mentre ci allontaniamo sentiamo ripristinarsi il ronzio: ce l'abbiamo fatta per un pelo. Iniziamo a correre, con Lee che ci fa da guida. All'improvviso mi torna in mente Jeremy e la notte in cui si è fatto catturare per salvarmi. Questo tratto di bosco è simile a quello che porta alla spiaggia, ed è ancora buio, ma stavolta non inciampo ogni secondo in sassi e radici. Con stupore, noto che Alba è al mio fianco e corre più o meno alla mia stessa velocità.

Sento la stanchezza concentrarsi nelle gambe. È perché non mi sono ancora ripresa del tutto dalla reclusione nel gabbiotto. Stringo i denti contro il dolore, ho i polmoni che gridano pietà, mi viene da piangere. Quando Lee rallenta e si ferma provo un gran sollievo.

«Ascoltate» dice restando immobile. «Non ci insegue nessuno.»

Alba e io ci guardiamo intorno. Ha ragione. Se qualcuno ci inseguisse, sentiremmo i cani abbaiare e vedremmo le luci dei soldati.

«Da che parte sono i ragazzi?» chiede Alba.

«E adesso dove si va?» chiedo io contemporaneamente. Ci scambiamo un'occhiata in silenzio. Non riesco proprio ad affidarmi a mia sorella.

Ignorandoci, Lee è già ripartito nella direzione che spero sia quella giusta.

CAPITOLO 51
ALBA

Gabby mi fa troppo arrabbiare. Non sono più la ragazzina remissiva che ha lasciato a Londra. Ho fatto un sacco di strada per salvarla, e, dopo tutto quello che ho passato, non voglio che torni a comandarmi a bacchetta. Marcio impettita dietro a Lee; dopo un po' sento i passi di lei alle mie spalle. Non ci credo che litighiamo anche mentre siamo in fuga per salvarci la pelle. Tipico di Gabs.

Prima, quando correvamo, il terreno sembrava molto meno irregolare di adesso che abbiamo rallentato. Continuo a inciampare. Col buio che c'è, un paio di volte mi sono anche ritrovata ad abbracciare un albero. La luna è alta nel cielo, ma solo qua e là i suoi raggi penetrano le chiome degli alberi. La notte avvolge il mondo in un silenzio rotto solo dalle foglie e dai rami secchi che scricchiolano sotto i nostri passi. Ora sono di fianco a Lee.

«Ci siamo riusciti» gli dico in un sussurro.

«Già.»

«Quando arriviamo dai ragazzi, non so cosa faremo.

Cioè, non so se Gabby e io torneremo a Londra. È un dubbio che ho da giorni.»

«Allora restate.»

La brutale franchezza di Lee mi leva ogni altra parola di bocca. L'idea di restare mi solletica, ma sarebbe un salto nel vuoto.

Proseguiamo per un periodo che sembra interminabile, quando finalmente vediamo ardere in lontananza due fuochi poco distanti l'uno dall'altro. «Ecco il segnale» dico rivolgendomi a Gabby.

Ci avviciniamo con cautela, al riparo dei grossi alberi che delimitano la radura. Vicino ai fuochi distinguiamo le sagome di due persone.

«Aquila» dice Lee ad alta voce.

«Aquila americana, vorrai dire!» lo corregge Sam con una risata.

I due si avvicinano mentre usciamo dal folto degli alberi. Ora riesco a vedere le loro facce: Sam ha un sorriso che va da un orecchio all'altro, Drew sembra sollevato. Rimaniamo lì a fissarci tutti e cinque finché Gabby non rompe il silenzio.

«Drew?» chiede incredula. «Tu, brutto bastardo.»

«Ciao Gabs.»

Mia sorella gli corre incontro e gli getta le braccia al collo. «Pensavo che non ti avrei rivisto mai più» dice prima di piantargli un bacio in bocca.

Vedo lei di schiena aggrappata a lui, e lui in viso che ricambia l'abbraccio pur continuando a guardare me. Fa un male cane vederli così; cerco di staccare i miei occhi dai suoi, ma non ci riesco.

«Ciao piccola lady! Che bello rivederti!» Sam arriva alle mie spalle, mi solleva da terra e inizia a farmi girare su me stessa. Vorrei che la sua gioia mi contagiasse: dopotutto, dovrei essere felice di aver ritrovato mia sorella.

Quando la giostra è finita, mi giro e lo abbraccio forte. Mi sento bene con questo giovane uomo. È diventato uno di famiglia per me – come Lee, del resto. Li amo come fratelli.

CAPITOLO 52
GABBY

La parola shock non basta per descrivere le sensazioni che mi assalgono alla vista di Drew. Col fisico asciutto e abbronzato e i modi meno raffinati, è ancor più figo di quanto ricordassi.

Mentre lo abbraccio mi sento pugnalare al cuore da un senso di colpa verso Jeremy. Chissà se è ancora vivo. E se è vivo, dov'è? La morte di sua sorella ci ha uniti, ma eravamo solo amici... o no? Forse qualcosa di più? Perché ogni volta che chiudo gli occhi vedo il suo viso? Meglio se non ci penso: faccio solo confusione.

Lasciando andare Drew, vedo un giovane che fa fare la giostra a mia sorella, scherza con lei, la fa ridere. Lo guardo bene. Evvai Alba, è uno schianto! Le ho sempre detto che le ci voleva un uomo. Appena la rimette giù, vengono insieme da me.

«Gabby, lui è Sam.»

Faccio per stringergli la mano, ma lui va ben oltre, con un abbraccio da orso.

Di nuovo libera, contemplo la nostra piccola banda di fuorilegge. Quando Alba aveva detto che c'erano «amici fuori che ci aiutano», immaginavo intendesse ben più di quattro gatti. Comunque sia, ci è andata bene.

«Passiamo la notte qui» dice Drew, prima di avviarsi verso i fuochi.

Lo seguo per riabbracciarlo. Qualunque cosa ci fosse tra noi si è dissolta, è evidente, ma stargli vicino mi dà conforto, mi riporta a una vita lontano dall'inferno delle Colonie.

Drew inizia a gettare terra polverosa sulle fiamme per soffocarle. Sam e Lee fanno lo stesso con l'altro fuoco. Mi ritrovo Alba di fianco: ci diamo una rapida occhiata, ma non è il momento di parlare.

Dormiamo sotto le stelle, parzialmente riparati dalle chiome degli alberi. Non c'è una nuvola che sia una, e la luna è sempre più luminosa con l'avanzare della notte. Accanto a me, Alba si è già addormentata. A Londra la guardavo dormire dopo aver litigato con lei per ore: la sua serenità nel mondo dei sogni dava pace anche a me. Non so se è solo questione di stanchezza e stress, ma sembra davvero cambiata. Non è più la mia sorellina, la ragazzina che pendeva dalle mie labbra. Più in là, Drew continua a rigirarsi e finisce col tirarsi su a sedere. «Non riesci a dormire?» gli chiedo.

«Sono state giornate lunghe.»

Ho la mente affollata di domande. Come sono arrivati nelle Colonie lui e Alba? Chi sono Sam e Lee? Perché lui è venuto? Alba non me l'ha detto, dunque, già che siamo svegli, meglio chiederlo a lui direttamente. «Posso farti una domanda?»

«Spara. Tanto me la fai anche se ti dico di no» risponde con una smorfia.

Eh già. Mi conosce bene. «Come hai trovato mia sorella a Londra?»

Drew inizia a raccontare una storia incredibile. Mi

racconta del litigio con suo padre a causa mia, e poi che si era sentito in dovere di cercare la mia famiglia. Mi racconta di come lui e Alba si sono intrufolati in un cargo e inoltrati nella foresta. Mi racconta di un uomo che ha cercato di ucciderli e dell'orso che li ha attaccati. Trasalisco quando descrive com'è rimasta ferita Alba e la comparsa di Sam, che le ha salvato la vita. Rimango a bocca aperta alla notizia degli Americani che vivono nelle Caverne e di come si sono presi cura di lei. Poi mi racconta del viaggio per arrivare al mio campo di schiavi, che si trova in un posto chiamato FloridaLand. Infine mi racconta il piano di dividersi e ritrovarsi dopo due giorni per farmi evadere.

Mentre l'ascolto non lo perdo di vista. Dal modo in cui racconta, è evidente che per lui questa è l'esperienza più bella che gli potesse capitare, nonostante tutto. Ogni tanto gli brillano gli occhi, ogni tanto si velano di lacrime. Quando si riferisce ad Alba assume un'espressione partico-lare. All'inizio non capisco, poi è come una tegola in testa: Drew si è innamorato di mia sorella. Lo sorprendo a lanciare un'occhiata alla sua sagoma addormentata: guarda lei come non l'ho mai visto guardare nessun'altra, me compresa.

Conoscendo mia sorella, non si è accorta di niente. Lei è una che respinge ogni tentativo di approccio maschile. Che faccio? La prendo in disparte e gliene parlo? O lascio correre? Drew era il mio ragazzo, ma ammetto che non mi interessa più. A prima vista è un tradimento, di fatto non lo è. Ma supponendo che lo sia, e che io ci passi sopra, Drew non è quello giusto per Alba. Non è abbastanza per lei. È un Don Giovanni. Per me andava bene, ma Alba merita di meglio. Oh accidenti, che devo fare?

Mentre rumino pensieri confusi, Drew finisce di raccontare e si mette a dormire. Meglio se riposo un po' anch'io. Chissà cosa ci riserva la giornata di domani.

CAPITOLO 53
ALBA

Di solito è divertente correre in casa. Oggi no. Fuori piove forte e i muri sembrano tremare a ogni tuono. Stasera casa nostra è un palazzo. Mamma e papà non ci sono più da tanto tempo. Passo i giorni sperando che mamma torni da me. Quando papà è morto lei è andata via e non è più venuta a casa. Non è tornata neanche per mettere a posto dopo la festa. Volevo aspettarla nella casa vecchia, ma Gabby dice che se ci trovano ci dividono e ci portano in due famiglie diverse. Come farà mamma a venire a prenderci, se non sa dove siamo?

L'acqua entra da fuori e si scivola. Gabby corre davanti, ma non mi lascia mai la mano, neanche per un secondo. C'è un uomo che ci rincorre. Mi sa che lei gli ha portato via da mangiare. Non mangio da tanto e mi fa male il pancino. Gabby l'ha fatto per me e lui si è arrabbiato. Il temporale fuori è talmente forte che faccio fatica a sentire cosa ci grida dietro. Non mi piacciono i temporali. Fanno troppo rumore. Davanti ci sono le scale. Le saliamo di corsa. Di sopra non c'ero ancora stata. Ci sono altre persone. Ci guardano ma nessuno ci aiuta.

«Ahia Gabby!» urlo mentre lei mi tira dentro un armadio. Ci accucciamo in fondo, stringendoci. Ora che abbiamo smesso di correre *ho paura. Piango. Gabby mi dice sempre di essere coraggiosa, ma non sono capace. La sento abbracciarmi e baciarmi sulla testa.*

«Shh! Sorellina, non preoccuparti. Ci sono io qui con te. Ci sarò sempre per te.»

Tuona in lontananza. Mi tiro su. Dev'essere presto, perché vedo solo un fascio di luce incerta tra le nubi. Mi sorprende essere l'unica sveglia, con tutta questa pioggia improvvisa. Ormai dovrei essere abituata a dormire per terra, ma la schiena e il collo mi danno del filo da torcere. Mi alzo per stiracchiarmi e fare due passi. Poche settimane fa, con un temporale come questo mi sarei rintanata in un angolo. Ora ne ammiro la bellezza. È come una meravigliosa coreografia di danza, o una brillante sinfonia. Trovo un punto asciutto sotto un grosso albero. Mi piacerebbe tanto poter bere una tazza di tè caldo.

Tuona.

Anche Gabby si sveglia. Sembra sorpresa di trovarmi a osservare il temporale anziché nascosta da qualche parte. Viene a rannicchiarsi accanto a me. «Sei davvero cambiata.»

Non commento.

«Abbiamo sempre fatto una gran fatica per campare, vero?»

Mi giro a guardarla. «Già, ma tutte le difficoltà che abbiamo affrontato a Londra viste da qui sembrano insignificanti.» Ci appoggiamo l'una all'altra. «Tutta la nostra vita prima delle Colonie sembra insignificante.»

«Sì è vero» dice lei con un velo di nostalgia.

Cala il silenzio. Siamo entrambe perse nei nostri pensieri. Io ho in mente nostro padre, ma non è il momento giusto. Glielo devo dire? No, non ancora. Ma riguardo Drew…

«Gabs?» Finalmente ho il coraggio di farle la domanda che mi uccide.

«Sì?»

«Ami Drew?» Distolgo lo sguardo, incapace di affrontarla.

«No» risponde decisa dopo qualche istante. «Non lo amo come intendi tu. Non l'ho mai amato davvero.»

«Oh.»

«È innamorato di te.»

Questa è l'ultima cosa che mi aspettavo da lei. «Non dire scemenze.»

«Senti, ieri abbiamo parlato quasi tutta la sera. Mi ha raccontato cos' avete passato insieme. Alba, lui non ha mai guardato me con l'espressione che aveva negli occhi mentre parlava di te. Magari ancora non lo sa, ma tu gli piaci.»

«Oh.» Se il passato mi ha insegnato qualcosa, è che, tra me e lei, tutti scelgono sempre lei. Fatico a immaginare la possibilità che sia il contrario.

«Mi prometti una cosa?»

«Cosa?»

«Fai attenzione.»

«Sì.» Non c'è bisogno che si spieghi, capisco fin troppo bene. Mi torna in mente l'aula a Londra e tutto il tempo che ci ho messo per superare la mia antipatia per Drew.

Intuendo che non ne voglio più parlare, Gabby si alza per allontanarsi. Dopo qualche passo però si gira per dirmi: «Grazie per essere venuta fin qui per me». E senza aggiungere altro torna dai ragazzi.

La seguo circa mezz'ora più tardi. Ha smesso di piovere e il sole nascente si mostra in tutto il suo splendore. I ragazzi si sono appena alzati. Non abbiamo niente da mangiare. Il mio stomaco è ormai abituato a rimanere vuoto, raramente brontola. Non è molto salutare, ma pazienza.

Sveglio e pimpante, Sam è immerso in un'animata conversazione con Gabby. Stanno già diventando grandi amici, il che non mi sorprende: Sam ha un tocco magico con le persone. Lee e Drew invece stanno discutendo su dove andremo. Mi avvicino a loro due, anche se dopo la chiacchierata con Gabby fatico a guardare Drew negli occhi.

«Potremmo andare a nord e tornare alle Caverne» dice Drew.

«Non se ne parla» lo stronca Lee. «Se qualcuno ci inseguisse, Ma' e tutti gli altri sarebbero in pericolo.»

«E se andassimo a ovest? Cosa c'è là?»

«Gli Americani. Potrebbero essere ostili. Ho sentito dire che ci sono dei grandi insediamenti, ma, appunto, non so se vale la pena rischiare.»

«E allora cosa vuoi che facciamo?» chiede Drew esasperato.

«Direi di andare un po' a ovest, poi a sud.»

«E a sud cosa c'è?»

«Il Messico.»

«No» intervengo io con determinazione. «Andiamo a ovest.»

Al che iniziano a parlare tutti insieme, compresi Gabby e Sam, che ci hanno raggiunto nel frattempo, chiedendomi perché proprio a ovest e come faccio a esserne così sicura. Guardo Gabby, perché so che ciò che sto per dire sconvolgerà lei più degli altri: «Me l'ha detto papà».

«Te l'ha detto sottovoce prima che ci portassero via?» chiede Lee, l'unico a non scomporsi.

Non è che mi fossi dimenticata di raccontare della tenuta. Ho scelto deliberatamente di non farlo. Non me la sentivo. Ora non ho altra scelta.

Quando finisco di raccontare, quasi a voler invertire i ruoli, Gabby mi coglie di sorpresa con una domanda ansiosa che non ha niente a che fare con nostro padre: «Jeremy è vivo?».

CAPITOLO 54
GABBY

I miei pensieri si rincorrono senza sosta, una vampata di calore mi inonda il viso, inizio a fare avanti e indietro, nervosissima, quasi stessi scavando un solco. «Cosa stiamo aspettando?» sbotto a un certo punto. «Dobbiamo andare a prendere Jeremy.» Quando però guardo le facce degli altri, capisco che sono la sola a sentire l'urgenza della situazione. «Vi siete rammolliti? Dobbiamo andare! Adesso!»

«Tirarlo fuori dalla sua cella non è uno scherzo» spiega Lee. «Non hai idea di che posto è quello. Fattelo dire da Alba. È impossibile.»

«Sì, andiamo a prenderlo» lo contraddice lei con tono risoluto.

Non sono mai stata così felice di averla come sorella. Appena si avvia le corro dietro e avvolgo le braccia intorno alla sua schiena. Lei si limita a darmi una delicata stretta a un braccio. Chi se lo sarebbe mai immaginato: da fragile e impaurita che era, si sta dimostrando la più cazzuta di tutti.

«Come pensi di fare?» chiede Lee, raggiugendoci insieme agli altri.

«Ci verrà in mente» risponde Alba senza vacillare.

Mentre camminiamo, sento per l'ennesima volta la voce di Claire sul letto di morte. Forse non la deluderò, dopotutto. Ho una gran voglia di correre fin là e mettermi a urlare finché non lo liberano. Se necessario, lo ridurrò in cenere, quel maledetto posto. Sento l'energia fluire in me, e ne ho bisogno, perché stiamo per infilarci nella tana del lupo.

Non ci vuole molto prima di trovare il sentiero per la tenuta: essendoci già stati, Alba e Lee ci guidano speditamente. Il pensiero di mio padre ancora vivo mi sfiora per un istante, del tutto inopportuno. Ora mi sta a cuore Jeremy. Col fantasma di mio padre farò i conti più tardi.

Quando ci avviciniamo, rimango di stucco. È un posto talmente bello che fatico a immaginare gli orrori all'interno delle sue mura. Ci accovacciamo dietro la stalla a sinistra del portone d'ingresso frontale. La stalla è enorme; da fuori si sentono i rumori degli animali. Sbircio dentro da un finestrino: ci sono file lunghissime di box, alcuni coi cavalli, altri vuoti. Un cavallo mi fissa senza battere ciglio, come ad accusarmi di averlo disturbato.

Davanti alla facciata della residenza in stile coloniale c'è un continuo andirivieni di militari. Rimaniamo a osservare per circa un'ora mentre ponderiamo il da farsi.

«Ho un'idea» dico, indicando due soldati appena usciti dal portone frontale.

«Entriamo» dice Alba, leggendomi nel pensiero.

«Ma come facciamo senza farci beccare?» chiede Drew.

«Non hai capito. Voi non venite. Andiamo solo io e lei» gli spiego, tirandomi addosso un diluvio di obiezioni.

«Scusa» dice Lee, «non ci puoi andare tu da sola?».

«Ti rode che stavolta non comandi tu, eh?» gli rispondo per le rime.

«Va bene, è l'opzione migliore» ci interrompe Drew. «Se vi scoprono, voi due avete meno probabilità di essere fucilate di noi, grazie a vostro padre.»

Non lo avevo minimamente considerato, mio padre.

«Ci servono delle uniformi» dice Alba.

«Facile. Questo posto brulica di militari. Aspettate qui.» Drew sparisce dietro l'angolo della stalla.

Chissà cos'ha in mente. Passano i minuti. D'un tratto, ricompare, inseguito da due soldati. Nel giro di pochi secondi, Drew ci sfreccia davanti, Sam si butta sugli inseguitori e insieme a Lee li stordisce prima che abbiano il tempo di estrarre le armi. Non c'è che dire: è stato davvero facile.

Spogliamo i due malcapitati, e mentre Alba e io indossiamo le loro uniformi, i ragazzi ci guardano perplessi: hanno tutta l'aria di voler rimettere in discussione il piano. Alla fine, Alba mi sembra ridicola con la camicia enorme che le fa fagotto infilata nei pantaloni arrotolati in vita, ma io non devo essere da meno. L'ultimo tocco irrinunciabile per perfezionare il nostro travestimento è il fucile, da portare a tracolla sulla schiena. I soldati sono armati, dunque anche noi. Pesa, però.

«Sapete sparare?» chiede Lee, togliendomi di mano il fucile appena faccio no con la testa. «Questo modello è facile da usare. Basta mirare e sparare. Attente a tenere la sicura innescata quando non dovete sparare» ci istruisce, mostrandoci come si fa. «Ci manca solo che vi spariate da sole» commenta, prima di restituirmi l'arma.

«Bene, allora noi andiamo. Voi restate qui, così sappiamo dove trovarvi» dico a loro tre, poi prendo la mano di Alba e le do una stretta veloce. «Pronta?»

«Sempre» risponde lei facendo strada mentre si mette il fucile a tracolla.

CAPITOLO 55
ALBA

L'inquietudine mi fa torcere le budella ogni volta che il fucile sbatte contro la schiena. Forza. Dai a vedere che sei forte. Al minimo segno di paura ci ammazzano. Dobbiamo agire come se fossimo del mestiere. Devo essere forte per Gabby. Per lei. È ovvio che Jeremy significhi molto per lei.

Uscire da dietro la stalla per me è l'esperienza più snervante da quando siamo arrivati. Le uniformi mi fanno questo effetto. Stiamo per entrare in un posto pieno di gente che non esiterà a ucciderci, se ci riconosce. Sii coraggiosa. Me lo ripeto in continuazione, ma non è facile.

Mentre attraversiamo il prato, considero tutto ciò che potrebbe andare storto. Con mia sorpresa, in cima alla lista c'è il confronto con mio padre. Non sono ancora pronta a riaffrontarlo. L'altra volta ero talmente scioccata da non essere del tutto consapevole delle mie reazioni. Ma è anche vero che probabilmente lui è l'unico lì dentro che esiterà a ucciderci.

A ogni passo siamo più vicine alla porta d'ingresso. I

soldati diretti all'edificio si uniscono a noi. Ogni tanto qualcuno cerca di attaccare bottone e io mi limito ad annuire finché quello non tace. Ora che arriviamo ai gradini all'ingresso siamo in mezzo a un folto gruppo di uniformi. Saliamo e andiamo dritte verso la porta. Se ci fermiamo, anche solo per un secondo, qualcuno potrebbe insospettirsi. Più andiamo avanti, più il fucile è fonte di conforto anziché d'inquietudine.

Appena varcata la soglia, ci ritroviamo in un salone con un gran viavai di gente. Giorni fa non ci avevo fatto caso, ma dentro, l'edificio sembra anche più grande che visto da fuori. I muri sono bianchi, impreziositi da stucchi complessi lungo il battiscopa e il soffitto e da splendidi dipinti in vari stili appesi a pochi metri l'uno dall'altro. Sul pavimento sono stese passatoie di un rosso acceso. Alla nostra sinistra c'è una scala a chiocciola con ringhiera dorata che porta ai piani di sopra. Dal salone si accede a circa una decina di corridoi. Abbiamo poco tempo per sceglierne uno.

«Non possiamo fermarci» sussurra Gabby.

«Bisogna andare a destra, ma non so in quale corridoio.»

«Scegline uno e basta.»

La conduco in quello all'estrema destra, ma capisco quasi subito che ho sbagliato, perché è molto bene illuminato e con altrettante decorazioni del salone. In fondo sembrano esserci degli uffici. Faccio dietrofront. Gabby mi segue senza fiatare. Strano che mi lasci il comando.

Scelgo il corridoio vicino, sperando che sia più promettente. Più andiamo avanti, più mi sembra familiare: i muri sono dello stesso verde del posto in cui mi avevano rinchiusa. Svoltiamo intorno a più angoli fino ad accorgerci che è un altro vicolo cieco.

«Cazzo!» mi sfugge. Gabby, al contrario, mantiene

un'insolita calma. Torniamo sui nostri passi, risbucando nel salone. Più rimaniamo, più rischiamo.

Prendiamo il terzo corridoio, che si presenta esattamente come il secondo. A questo punto sono completamente disorientata e non ci spero più. Proseguiamo ed è sempre più buio. Questa parte dell'edificio è decisamente trascurata. All'improvviso lo riconosco: è il corridoio giusto. Arriviamo in fondo: ecco, forse è questa la porta che cercavo!

Mi sto ancora rallegrando, quando sentiamo un rumore alle nostre spalle. Sono dei passi. Gabby e io ci guardiamo frenetiche. Non ci sono posti per nasconderci. Proviamo a tirare giù ogni maniglia che ci troviamo a tiro, ma nessuna porta si apre.

«E adesso?» sibila Gabby.

Imbraccio il fucile e le indico di fare lo stesso. Sgrana gli occhi, ma obbedisce.

Merda. I passi si avvicinano. La luce è talmente fioca che non riesco a vedere niente. Il cuore mi balza in gola, la mia presa sul fucile è scivolosa di sudore.

«Chi va là?» chiede una voce maschile profonda. «Non dovrebbe esserci nessuno qui.»

Teniamo i fucili puntati in sua direzione, ma quando l'uomo entra nel fascio di luce, tolgo immediatamente il dito dal grilletto.

«Soldati…» inizia, interrompendosi appena mi riconosce.

Un solo istante d'incertezza, poi appoggio la mano sulla canna del fucile di Gabby e l'abbasso.

«Cosa ci fate qui? Ti avevo detto di andare a ovest» mi dice ansioso.

«Chi cazzo sei?» lo aggredisce Gabby.

«Gabs, lui è nostro padre.»

CAPITOLO 56
GABBY

Libero il fucile dalla mano di Alba e lo rialzo puntato dritto in faccia a mio padre.

«Gabby...» inizia lei, ma non la lascio finire.

«Levati di mezzo» ordino a lui. «Non esiterò a sparare a un uomo che non significa più niente per me.» Lo spingo di lato con la canna del fucile e lo supero. Alba mi segue senza dire niente.

«Non potete trovarlo da sole» ci richiama. Ha già capito chi stiamo cercando. «Vi serve il mio aiuto.»

Mi fermo senza girarmi. Alba invece torna indietro. «Dove si trova?» gli chiede.

«Vi ci porto.»

«E perché dovrei fidarmi di te?» sbotto, guardandolo in cagnesco.

«L'acqua.»

«Cosa?» Non può essere stato lui, non ci credo.

«Nel gabbiotto. Volevo che rimanessi in vita. Ti ho portato io l'acqua. La reputi una ragione abbastanza buona?»

«Come faccio a sapere che eri proprio tu?» Sarei morta davvero, se non avessi ricevuto quell'acqua.

«Pensaci, a chi altri poteva importare qualcosa di te? Lo sai che la seconda volta speravano di tirarti fuori morta?» Poi non perde altro tempo in chiacchiere e mi passa di fianco, seguito da Alba.

Non ho altra scelta: mio malgrado, lo seguo anch'io.

E se fosse una trappola? È vero che lo devo a lui, se sono ancora viva. Ma è anche vero che i soldati obbedivano a lui. Mi hanno rinchiusa nel gabbiotto perché gliel'ha ordinato lui. Ah, non so cosa pensare. So solo che devo fare tutto il possibile per arrivare da Jeremy.

Torniamo da dove siamo venute, lo seguiamo a destra e poi a sinistra, ritrovandoci davanti a una porta che non ha niente di diverso dalle altre. Lui tira fuori un mazzo di chiavi, le fa passare finché non trova quella giusta e la infila nella serratura. Con tre mandate la porta si apre. Entriamo.

Subito non vedo niente, ma, appena i miei occhi si abituano alla scarsa illuminazione, scorgo una sagoma raggomitolata in un angolo. Mi precipito da lui: è Jeremy, l'abbiamo trovato!

«Jeremy, sono io. Cosa ti hanno fatto?» sussurro in ginocchio. Non si muove, allora gli controllo il polso. «È vivo!» dico ad Alba, che si è avvicinata.

«Portiamolo fuori» mormora lei.

Già, ma come? Mi volto a guardare l'uomo sulla soglia: «Vuoi aiutarci?»

Lui annuisce.

«Allora facci uscire di qui sani e salvi, tutti e tre.»

Riflette un momento, poi tira su Jeremy, che apre gli occhi, pur non dando segno di averci riconosciute. Se non altro, è sveglio.

«Levagli le catene.» Mi fa male vederlo così.

«No, senza non potete uscire.»

«Cosa vuoi che facciamo?» chiede Alba, con tono esitante.

Ce lo spiega a bassa voce mentre ci incamminiamo. Faccio ancora fatica a fidarmi. Però è l'unico modo, effettivamente. Chissà perché ci aiuta. Chissà cosa c'è sotto.

«Andate a ovest. Cercate un uomo di nome Jonathan Clarke. Vi spiegherà tutto lui. Farò in modo di rallentarli, ma vi inseguiranno. State bene. E, ragazze...» si interrompe, guardandoci entrambe negli occhi.

«Che c'è?» Ho fretta di andare via.

«FloridaLand è solo l'inizio.»

Appunto. C'è sotto qualcosa, ma non è il momento delle spiegazioni. Il generale ci passa Jeremy e sparisce in direzione opposta alla nostra.

Stando a quello che ci ha detto, la porta in fondo al corridoio non è chiusa a chiave. Anche se siamo in due a reggerlo e se è in stato di semi-coscienza, Jeremy sembra diventare sempre più pesante a ogni passo che facciamo. Stiamo per uscire dall'edificio da un accesso secondario.

«Fermi lì.» Tre militari sono sbucati da un corridoio perpendicolare a una decina di metri da noi. «Cosa fate con quel prigioniero?» chiede lo stesso che ci ha intimato l'alt.

«Eseguiamo gli ordini del generale Nolan. Dobbiamo riportarlo al campo.» Spero di essere stata convincente, nonostante la tensione che mi attanaglia lo stomaco.

Nessuno dei tre si muove. Combinazione, il militare che ha parlato è quello che compare spesso nei miei incubi: la cicatrice, il naso aquilino, è lo stronzo che si diverte a instillare paura nelle pecore al campo. Gli sparerei volentieri.

«D'accordo, andate pure.»

I tre superano l'incrocio e continuano per la loro strada. Mentre usciamo, Alba e io emettiamo quasi all'unisono un sospiro di sollievo.

CAPITOLO 57
ALBA

Tra un po' mi si staccano le braccia. Sul serio, non sto scherzando. Jeremy è pesante. Dirette alla stalla, passiamo vicino ad altri soldati, ma grazie al cielo nessuno bada a noi. Appena svoltiamo l'angolo, Lee e Sam ci sostituiscono nel sorreggerlo. Lascio cadere le braccia tremanti lungo i fianchi mentre Gabby mi supera di corsa per vomitare in un angolo; poi, ripulendosi la bocca, va a inginocchiarsi di fianco a lui. Lee è già all'opera con un sasso per levargli le catene. Il rumore della pietra sul metallo è forte, ma non tanto quanto i rumori che provengono da un'ala della tenuta sottoposta a manutenzione. Lee sa il fatto suo.

Sono imbambolata a osservare loro quattro, quando Drew mi viene incontro e mi solleva tra le braccia. È una tale sorpresa che mi ci vuole un momento prima di ricambiare l'abbraccio. Lui affonda il viso nei miei capelli e mi stringe di più. «Eravamo preoccupati» mormora. «Siete state via tanto, e noi qui non sapevamo che fare.»

«Va tutto bene.» Gli accarezzo la schiena. Avrei tante cose da dirgli, ma l'occasione va perduta con l'arrivo di Sam.

«Sta riprendendo conoscenza» ci informa.

Ci avviciniamo: mentre Jeremy sbatte le palpebre, Gabby fa scorrere le dita lungo il suo viso con una gentilezza che non è da lei. Mia sorella non è mai stata quel che si dice una ragazza gentile. Prima d'ora, l'unica persona cui lei abbia mai tenuto abbastanza da trattarla con gentilezza ero io. Dunque, non sono la sola a essere cambiata.

«Sono contento che sei tornata, piccola lady» dice Sam, distogliendomi da loro due. «Ci avete fatto spaventare, sai?» Mi avvolge le spalle con un braccio e mi dà un sonoro bacio in fronte. «Sono orgoglioso di te.»

«Dobbiamo andare» interviene Lee, «prima che scoprano che tu e tua sorella gliel'avete fatta sotto il naso».

«Jeremy, riesci a camminare?» gli chiedo gentilmente. «Lee ha ragione. Abbiamo un vantaggio e non dobbiamo sprecarlo.»

«Penso di sì.»

Sta male, si vede, ma non possiamo fermarci. Scambio uno sguardo d'intesa con Gabby: speriamo che nostro padre ci copra le spalle quanto basta per metterci al sicuro.

Sam aiuta Jeremy ad alzarsi e lo regge con un braccio intorno alla vita; Gabby lo affianca dall'altro lato e gli scivola sotto il braccio, prima di muovere tutti e tre insieme il primo passo. Li seguo da vicino, con Lee e Drew che chiudono la fila. Girando intorno alla stalla, ci rituffiamo nei boschi.

CAPITOLO 58

GABBY

S tento a crederci: Jeremy è ancora vivo! Gli accarezzo
dolcemente la mascella e gli zigomi, immaginando di
guarire col mio tocco ogni suo livido e ogni suo taglio. Il
naso sembra rotto, tra i capelli ci sono grumi di sangue. Mi
chino per posargli un leggero bacio sulla fronte.

«Gabby?» Sbatte le ciglia. Finalmente riprende
conoscenza.

«Sono io, sì.» Ho già gli occhi inondati di lacrime.
Inutile trattenerle: se gli altri mi vedono piangere,
pazienza.

«Pensavo che non sarei mai uscito di lì» dice
debolmente.

«Ti credevo morto.» Stiamo piangendo tutti e due. Di
dolore per quello che abbiamo passato, di sollievo per
essere ancora vivi e insieme.

«Grazie per avermi tirato fuori di lì.» Mi stringe la
mano.

«L'ho promesso a Claire. In ogni caso, per te ci sarò
sempre.»

Jeremy ricambia il mio sguardo per un attimo intenso, prima di spostare l'attenzione sugli altri.

«Conosci già mia sorella e Lee.» Faccio per indicarglieli, ma lui non mi lascia andare la mano. «E loro due sono Sam e Drew» accenno con la testa. Sembra che non gli importi, perché ha ancora gli occhi fissi sul mio viso.

«Dobbiamo andare» ci interrompe Lee.

Mentre Sam aiuta Jeremy ad alzarsi, scambio un'occhiata con Alba: meglio che per ora ci teniamo per noi l'intesa con nostro padre.

Sam e io facciamo da stampella a Jeremy. Ogni ora circa dobbiamo fermarci per farlo riposare. Quando scende la notte, stiamo ancora camminando nel folto del bosco. La fortuna ci assiste: siamo sempre al riparo; di aree scoperte finora non ne abbiamo incontrate.

Finalmente Lee decide che possiamo accamparci. Nessuno accende il fuoco, nessuno ha voglia di parlare: siamo tutti sfiniti. Mi raggomitolo vicino a Jeremy e pochi secondi dopo sto già dormendo.

.

CAPITOLO 59
DREW

S ono esausto. Zero energia, zero forze. Mi fa male dappertutto e ho la mente annebbiata. Disteso su un fianco, mi addormento subito.

Quando mi sveglio, è quasi l'alba. Non so, né mi interessa, cosa mi ha svegliato. Richiudo gli occhi, sperando di venire riassorbito dagli ultimi minuti di sonno. Macché, inutile.

Con un sospiro, mi rassegno a rimanere nel mondo consapevole. Darei qualsiasi cosa per un letto comodo e uno spuntino caldo. A Londra i due andavano a braccetto: nel weekend mi facevo portare la colazione a letto dalla cameriera, così non dovevo vedere mio padre prima che andasse al lavoro. Lui non si prende mai un weekend libero. Penso che odi stare a casa nostra, come del resto anche io. L'architettura fredda e l'atmosfera ancor più fredda all'interno la rendono un luogo tutt'altro che piacevole. Mio padre risolve il problema andando via, come facevo io, mentre mia madre si imbottisce di pillole − è la sua versione di "andare via". Ma basta pensare a lui. Non deve più invadere i miei pensieri.

Tirandomi su a sedere, mi stiracchio. Sono l'unico sveglio. È sempre interessante osservare chi dorme: Lee ha dei tic nervosi, Sam ha un sorriso proprio ridicolo e Jeremy geme di tanto in tanto. Poi ci sono Alba e Gabby. Sdraiate una accanto all'altra, Alba ha la testa appoggiata sulla spalla di Gabby. Due sorelle completamente diverse, eppure simili per gli aspetti che contano.

Gabby è figa, non c'è dubbio. Anche dopo tutto quello che ha passato, e anche se facciamo tutti schifo perché non ci laviamo da chissà quanto, lei è ancora bella – o, per lo meno, è messa meglio di noi altri. È cambiata, rispetto alla ragazza che conoscevo a Londra, una vita fa: sembra che adesso le stia a cuorc qualcuno. Non l'ho mai dato a vedere, ma Gabs mi piaceva, eccome. Sono stato uno stronzo. La tradivo e le raccontavo bugie, ma ci siamo sempre divertiti un mondo.

Alba è tutta un'altra storia. Quando l'ho conosciuta, mi sembrava una che studia sempre e non si stacca mai da quello che dicono i libri; poi, ho scoperto che non è così. Ed è tenera, dolce, affettuosa. Ora non riesco a immaginare che non sia presente nella mia vita.

Mentre guardo il suo viso e ascolto il ritmo lento e costante del suo respiro, le mie labbra si arricciano verso l'alto. Ne abbiamo passate tante insieme, lei e io. Ne abbiamo fatta di strada, da quel palazzo fatiscente dove ci siamo conosciuti: io non sono più uno stronzo arrogante, e lei non è più una ragazzina spaventata. Mi avvicino a dove dorme e, con delicatezza, sposto una ciocca di capelli che le copre il viso, infilandogliela dietro l'orecchio.

Non riesco a mettere a fuoco i miei sentimenti per loro due. Non ho mai conosciuto nessuna come Alba o Gabby. Sono entrambe grintose, eppure sorprendentemente vulnerabili. Ciascuna andrebbe oltre i confini del mondo per l'altra. Non l'avrei mai detto, che esistessero davvero legami del genere. È roba da storie della buonanotte. Nel cinico mondo in cui sono cresciuto, di solito la gente non rischia tutto per gli altri, neppure se "gli altri" sono dei familiari stretti.

Qualcuno si schiarisce la gola dietro di me. Subito mi alzo e mi allontano.

«Buondì.» Dritto in piedi, con le gambe divaricate alla larghezza delle spalle e le braccia conserte, Sam sembra un ufficiale pronto a fare un cazziatone. Ma si vede, che sta solo recitando.

«Ehi, amico.» Basta un mio timido sorriso per far saltare il suo contegno militaresco.

«Che stavi facendo?» Si fa avanti e mi dà una pacca sulla schiena.

«Eh? Ah sì… mi sono alzato.»

«Sì, vabbè. Perché non glielo dici e basta?» Si siede a terra e si appoggia indietro sui gomiti.

«Dirle cosa?» dico sdraiandomi anch'io.

«Che l'ami, tonto.»

«Ma no. Uscivamo insieme a Londra, adesso è finita.»

Sam si sporge e mi dà uno scappellotto in testa.

«Ahi! Perché? Cos'ho fatto di male?»

«Sei un idiota. Non mi riferivo a Gabby.»

Guardo le ragazze e mi sento un cretino.

Alba.

Gabby.

Alba.

Gabby.

Alba.

CAPITOLO 60

ALBA

H o un buco nello stomaco, segno evidente che oggi dobbiamo trovare qualcosa da mangiare.

Vedo Sam allontanarsi da Drew ridendo. A poca distanza da loro, Gabby e Jeremy sono immersi in una conversazione a bassa voce. Lee fissa il cielo, appoggiato a un albero. Mi alzo per andare da Sam.

«Buongiorno, bella addormentata nel bosco. Finalmente tra noi, era ora!»

Gli rivolgo il mio sorriso più dolce e gli do un colpetto dietro sulla testa: lui sta al gioco, si butta per terra come se l'avessi preso a pugni e si strofina quel punto fingendo dolore. Sam cerca sempre di essere divertente. Mi fa ridere, mi fa stare bene. E comunque, nel gruppo c'è qualcosa di diverso stamattina: sembrano tutti di buon umore.

«Dobbiamo andare» ci raduna Lee. «Oggi pomeriggio si va a caccia, ma prima bisogna fare un po' di strada.»

Cammino di fianco a Sam, che, tanto per cambiare, parla in continuazione. Non mi dà fastidio, anzi, la gioia nella sua voce mi tiene su il morale.

Intorno a mezzogiorno, Lee insiste perché ci fermiamo.

Gabby gli chiede perché, ma lui, in ascolto, le fa segno di restare in silenzio. Lee è molto abile a seguire le tracce, motivo per cui, quando si tratta di decidere da che parte andare, mi fido più di lui che degli altri. Si china a raccogliere una manciata di fango, poi senza dire niente prosegue a destra. Dopo qualche minuto, lo sentiamo gridare: «Acqua!».

Lo raggiungiamo di corsa, ritrovandoci davanti a uno spettacolo meraviglioso: un ruscello d'acqua cristallina che si riversa tra le rocce, formando una pozza trasparente. A momenti piango di felicità.

Ci chiniamo sulla sponda per bere. Più volte immergo le mani a coppa nell'acqua gelida e perfetta e la porto alle labbra. Quando ne ho avuto abbastanza, immergo la testa e la risollevo con un movimento deciso, gettando i capelli all'indietro, in modo da avere il viso libero e l'acqua rinfrescante che mi sgocciola giù per la schiena.

Decidiamo di fermarci a riposare al ruscello mentre Lee e Sam vanno a caccia. Passo il fucile a Sam, ma, quando Lee tende la mano per farsi dare l'altro fucile da Gabby, lei si rifiuta di lasciarglielo, a meno che lui non le consenta di andare con loro. Soffoco una risata: certe cose non cambiano mai.

Quando si allontanano, Jeremy inizia a radunare l'occorrente per accendere il fuoco. Visto che fatica a parlare con tutti tranne che con Gabby, preferisco sdraiarmi vicino alla riva a guardare il cielo azzurro. È magnifico.

Dopo aver aiutato Jeremy, Drew si siede con la schiena contro una grande quercia. Sentendo che mi osserva, vado da lui. Non so se l'acqua mi abbia energizzata, fatto sta che, all'improvviso, mi sento tremendamente audace.

«Ciao» dice Drew, quando mi siedo.

Lo scruto in viso, considerando quel che sto per fare. È confuso dal mio silenzio, glielo si legge negli occhi.

«Cosa c'è?»

Ormai ho deciso: devo farlo, prima di avere ripensamenti e comportarmi da fifona come al solito. Mi sollevo in ginocchio, mi sporgo in avanti, senza chiudere gli occhi mi avvicino pian piano, reggendo il suo sguardo confuso, fin quando le mie labbra non toccano le sue… e poi mi casca il mondo addosso. Perché lui, anziché ricambiare come mi aspettavo, si ritrae bruscamente.

«Alba, aspetta…»

Cerca di trattenermi, ma con una scrollata mi libero dalla sua stretta e mi allontano. Non mi segue, così resto da sola a fare i conti col mio imbarazzo. Che vergogna!

«Stai bene?» mi chiede Jeremy.

«Sì.»

«Non sembra.»

«Sto bene, non preoccuparti.»

«Come vuoi.»

Mi lascia in pace, ma ha ragione. Non sto bene. Non sto per niente bene.

CAPITOLO 61

GABBY

Lee alza una mano per dirci di fare meno rumore possibile. Sono un tipo chiassoso di natura, per me non è facile. Per giunta, stiamo camminando su un tappeto di foglie secche che scricchiola a ogni passo. E naturalmente Sam non sta zitto un attimo. Lee fa una smorfia di disappunto: è chiaro che avrebbe preferito andare a caccia da solo. Più avanti ci ferma allargando le braccia, mette un indice sulle labbra e con l'altro indica una macchia di cespugli. All'inizio non vedo niente, poi colgo un movimento. Ci avviciniamo con passo felpato.

«È un cervo» sussurra Lee.

«Uh, che carino! Che occhioni dolci!»

I ragazzi si scambiano uno sguardo disgustato come a dirsi: ecco perché non bisogna portare le donne a caccia. Poi Lee solleva il fucile, prende la mira, chiude un occhio e preme il grilletto. Il colpo manca il bersaglio e il cervo si dilegua in un istante.

«Scappa, bravo!»

Loro due scuotono la testa.

Dopo aver camminato ancora un po', proprio quando

stiamo per tornare indietro a mani vuote, vediamo un gruppetto di uccelli che razzolano per terra.

«Quaglie» sussurra Sam gongolando. «Deliziose.»

Che io ricordi, non ho mai mangiato carne di quaglia, né ho mai visto una quaglia prima d'ora. Con queste però ce la posso fare: non sono così carine come il cervo.

«Sono piccole e veloci, e tu non sai usare bene il fucile. Lasciamo perdere» gli dice Lee, il solito guastafeste.

«Proviamo lo stesso» insiste Sam.

«Faccio io?»

I due mi guardano come fossi impazzita. D'accordo, non ho mai sparato un colpo, ma sono una che impara in fretta.

Lee fa spallucce: «Va bene, provaci tu. Sam, dalle il fucile. Si tiene così».

Guardo e imito come imbraccia il suo.

«Appoggia il calcio sulla spalla. Tieni le braccia rigide e chiudi un occhio quando spari. Così si mira meglio.»

Senza pensarci troppo, prendo la mira e sparo. Il primo colpo va a vuoto, ma al secondo un ciuffo di piume si solleva in aria.

Sam emette un fischio e mi dà una pacca sulla schiena: «Bel tiro!».

Lee non commenta. Proseguiamo la nostra caccia alle quaglie e, con suo grande sgomento, riesco a centrarne un'altra prima di lui.

Quando torniamo al campo c'è già il fuoco acceso. I ragazzi si mettono a spennare il bottino, cosa che lascio volentieri a loro, perché, francamente, mi viene da vomitare al solo pensiero.

Vado a sedermi vicino ad Alba, che sta in un angolo, persa nel suo mondo, come succedeva spesso a Londra. Voglio raccontarle la mia impresa, anche se probabilmente non gliene frega niente. Sono così orgogliosa di me che ho bisogno di dirglielo. Mi dà un briciolo di attenzione solo quando le tocco la spalla con la mia.

«Oh, ciao» mi saluta.

«Ho centrato le quaglie!» mi vanto con un sorriso. «Lee ha mancato un cervo, poi mi ha insegnato a sparare. È stato fantastico.»

«Brava Gabs.»

Non mangiamo qualcosa di sostanzioso da giorni, uno si aspetterebbe più entusiasmo. «Cosa c'è che non va?»

«Niente.»

Non la bevo. Le do un'occhiata da sorella maggiore, quella che la sa lunga, e lei risponde con una da sorella minore, quella da pulcino ingenuo. Vorrei dirle che qualunque sia il problema andrà tutto bene, ma mi limito a tenerla fra le braccia mentre lei si lascia cullare docilmente, con la testa appoggiata sulla mia spalla.

CAPITOLO 62

ALBA

Ho lo stomaco pieno e mia sorella di nuovo con me. Finito di mangiare, spegniamo il fuoco e ci rimettiamo in viaggio. Mi posiziono in fondo alla fila, perché preferisco non parlare con nessuno. Gabby, però, resta indietro e sento che mi lancia occhiate furtive per vedere se sto bene.

Dev'essersi sbagliata, su Drew. È impossibile che lui provi qualcosa per me. Lo sapevo, ma lei mi ha incoraggiata a farmi avanti, così ho finito per rendermi ridicola e adesso non so come sistemare le cose. È come se stessi tornando a essere la tranquilla e timida ragazzina di Londra, quella cui la gente faceva caso solo in quanto "sorella di Gabby". Non voglio regredire a ciò che ero per colpa di un ragazzo.

Gli alberi si sono diradati, per cui difficilmente riusciamo a evitare l'esposizione diretta ai raggi solari. Il sudore mi cola sulla faccia e col caldo infernale mi stanco rapidamente, ma vedo che gli altri non se la cavano meglio di me. Infatti procediamo come lumache.

Finalmente, nel tardo pomeriggio, l'aria si rinfresca. I

boschi fitti stanno lasciando il passo a colline tondeggianti e praterie incolte. Difficile credere che questa in passato fosse una terra di grandi fattorie e di città. Mi sarebbe piaciuto vederle.

Ci accampiamo per la notte e, alla luce del fuoco, facciamo il programma di viaggio per l'indomani. Siamo tutti di buon umore. Anch'io. Mi sono già perdonata per quanto è successo con Drew. Sono arrivata alla conclusione che, comunque vada, starò bene. Non ci sono mai state così tante persone cui tenessi, né che tenessero a me. Siamo sempre state io e Gabby, sole al mondo. Ora siamo io, Gabby, Drew, Jeremy, Lee e Sam. È bello avere degli amici, oltre che una sorella.

«Alba» dice Drew con tono esitante, «dobbiamo parlare».

Non mi ero resa conto che fosse alle mie spalle. Ci siamo: ora mi dirà che mi considera solo un'amica, che devo lasciar perdere, eccetera. Ma io sono pronta. Non soffrirò. Lo seguo, docile, lontano dal gruppo.

Appena siamo fuori portata di orecchio, si volta e mi chiede: «Si può sapere cosa ti è preso prima?».

«Scusa, sono stata una stupida. Non intendevo…»

«Cosa?» mi interrompe. «Non intendevi cosa? Baciarmi?» continua incalzante. «Non intendevi farmi innamorare di te?»

«Io…» inizio prima di rendermi conto di cosa mi ha appena detto. «Smettila di prendermi in giro.»

«Alba.» Drew appoggia la fronte contro la mia. «Non so come si fa. Mi sento perso.»

«Ma che dici?» Indietreggio, ho bisogno di spazio, ma lui si riavvicina.

«Non so come si fa… come ci si comporta» riprende esitante, scrutandomi in viso, «quando si è innamorati». L'ultima parte non è che un sussurro.

Gli occhi inchiodati ai suoi, continuo a indietreggiare finché non mi arresta un grosso albero dietro la schiena. Drew è vicino, sempre più vicino. Mi batte forte il cuore, sembra che mi salti fuori dal petto quando lui mi chiude ogni via di fuga. Annaspo in cerca d'aria. «Fermati.» Metto una mano aperta sul suo torace, pronta a spingerlo via. «Non farlo. Domani ti pentirai.»

«Mai. Non mi pentirò mai» sussurra. Afferra la mia mano, se la stringe al cuore traendomi a sé e mi bacia. È gentile all'inizio, le sue labbra guidano le mie, poi il bacio si fa più profondo e un fiume di fuoco mi si riversa nelle vene. Ho fame di lui quanto lui di me.

Le esperienze che abbiamo vissuto insieme da quando siamo arrivati nelle Colonie confluiscono in questo momento. La paura. La disperazione. Il coraggio. L'amicizia. Queste esperienze, queste emozioni hanno determinato ciò che siamo diventati. A unirci è uno scopo che si è realizzato.

Mi afferra per i fianchi e mi stringe a sé, mentre io gli avvolgo le braccia intorno al collo e aderisco a lui. È questo che voglio. Voglio tutto quanto. Diversamente da mia sorella, non ho mai cercato un ragazzo. Ma ora sì, ora desidero lui. Ne ho bisogno come dell'aria che respiro.

E poi l'incanto si spezza: sta arrivando qualcuno. Mi stacco da Drew con riluttanza e riprendo fiato. Lui è ancora lì a fissarmi quando compare Gabby.

«Ehi, voi due!» ci apostrofa col sorrisetto di chi la sa lunga. «Ci stavamo chiedendo dove eravate finiti. Mi devo preoccupare?»

Macché preoccupare! Sapeva perfettamente perché ci siamo allontanati. Drew fa un passo indietro, lasciandomi abbastanza spazio da poter uscire dalla trappola fra lui e l'albero e raggiungere mia sorella. «Ciao» le dico soltanto, poi mi giro un attimo a guardare lui, che ci segue con un sorriso segreto stampato in faccia.

«Allora?» chiede Gabby chinandosi per non farsi sentire da Drew.

«Allora cosa?» Faccio spallucce e mi comporto con nonchalance – in verità vorrei mettermi a ballare una danza sfrenata.

«Dai Alba! Ti conosco. Che avete fatto, eh?» insiste, come a dire che aveva ragione sin dal principio.

Per tutta risposta sbatto le ciglia con fare civettuolo, al che lei lancia un gridolino e mi abbraccia stretta. È incredibile: proprio in mezzo alle peggiori sventure, sono riuscita a trovare la mia fetta di felicità.

CAPITOLO 63
GABBY

Tra Alba e Drew c'è del tenero, ce ne siamo accorti tutti. Lei era di pessimo umore da stamattina, ma, dopo essersi appartata con lui, è tornata fra noi serena e splendente come non l'ho mai vista prima. Un'altra Alba, insomma.

La cosa più divertente è che i due piccioncini cercano di non darlo a vedere, che stanno insieme. Siamo seduti intorno al fuoco a raccontarci storie assurde, ma Alba e Drew sono persi nel loro mondo, non riescono a togliersi gli occhi di dosso, e se uno dei due distoglie lo sguardo è solo perché si sente osservato da noi altri. Sono contenta per loro. Prima li ho interrotti per il bene di mia sorella. Sono un'esperta di maschi: interrompendoli sul più bello, lui è rimasto con un desiderio inappagato. Ah, che farebbe lei senza di me?

Svegli al mattino, finiamo la carne rimasta ieri sera senza farci problemi sulle provviste: la selvaggina abbonda da queste parti, andremo di nuovo a caccia. Non ho idea di quanta strada ci manca per arrivare a destinazione. Mi fido di Lee e Sam. Mi fido di loro ciecamente. Dopo la grande avventura del recupero di Jeremy, non riesco a immaginare un solo giorno senza avere accanto ogni persona di questo gruppo.

Prima di ripartire. diamo una sistemata all'area in cui ci siamo accampati per non lasciare tracce. Di nuovo in marcia, mi affianco Drew, che procede per conto suo.

«Ieri sera stavo pomiciando con tua sorella» mi fa, con espressione colpevole.

«Se la fai star male, ti concio per le feste» dico con un sogghigno. «Intesi?» Per quanto sia felice per loro, il suo senso di colpa non mi tranquillizza affatto.

«Gabby, non potrei mai…»

«Intesi?» insisto.

«Sì» risponde con un sorrisetto.

«Bene. Fai il bravo.» E lo lascio in pace per andare da Jeremy.

CAPITOLO 64

GABBY

Intorno a mezzogiorno sentiamo il rumore dell'acqua che scorre. Affrettandoci nella direzione da cui proviene, abbiamo un'amara sorpresa: c'è un largo fiume senza uno straccio di ponte per attraversarlo. L'acqua fluisce a velocità allarmante, formando onde e mulinelli intorno alle rocce affioranti qua e là.

«Merda.» Mi passo le mani tra i capelli.

«E adesso?» fa Alba. Vedo che è spaventata quanto me. L'acqua è scura, segno che è profonda.

«Nuotiamo?» propone Lee, incerto.

«Va bene. La corrente ci darà molto fastidio?» gli chiede Drew.

Come no, il brutto stronzo sa nuotare. Con tutti i soldi che ha, non gli saranno mancati i corsi di nuoto. «Ma siete scemi?!» sbotto acida, ma così acida che i ragazzi mi lanciano occhiate tra il perplesso e l'offeso.

«Noi due non sappiamo nuotare» ammette Alba. Riecco la mia sorellina di Londra, piccola e spaventata.

Sam va da lei e l'abbraccia: «Vi portiamo di là noi».

«Sicuro» dice Jeremy rivolto a me.

212

«Non abbiamo altra scelta» mi dice Alba.

Annuisco prima di scendere a riva con Jeremy. Una volta lì, immergo una mano per sentire la temperatura dell'acqua. Cazzo se è fredda.

Anche gli altri si preparano per la traversata. Decidiamo che Alba va con Drew e Sam, io con Jeremy e Lee. Noi andiamo per primi.

Lee entra nel fiume e, dopo pochi passi, lo vedo opporsi alla corrente. Bisogna fare in fretta. È il mio turno, poi Jeremy. La forza dell'acqua minaccia di portarmi via. Ho visto altri nuotare quando ero in Inghilterra: rievoco il ricordo e mi sforzo di imitarli, muovendo le gambe tese avanti e indietro. Funziona, anche se l'altra riva si avvicina con una lentezza esasperante. Lee mi tira per una mano e Jeremy mi cinge la vita con un braccio. Dai che ci siamo quasi...

Forse è la mia immaginazione, ma nell'ultimo tratto la corrente è più forte. Faccio più fatica a tenere la mano di Lee, da un momento all'altro ci ritroviamo separati: lui continua a spingersi avanti, mentre Jeremy e io veniamo trascinati via. Nel disperato tentativo di aggrapparmi a una roccia comparsa dal nulla, finisco per sbatterci contro, perdendo anche Jeremy. Troppa è l'adrenalina che ho in circolo, grande è l'urgenza di salvarmi la vita per provare dolore. Non vedo dov'è Jeremy, ma Lee sì: ha raggiunto l'altra riva e mi fissa con orrore. Non ce la faccio più a tenere la testa fuori dall'acqua, la corrente mi stacca dalla pietra scivolosa, scalcio come una forsennata riuscendo a riemergere ogni tanto abbastanza da prendere una boccata d'aria. Un'altra roccia per fortuna mi blocca proprio quando Lee si tuffa. Lo vedo nuotare con grandi bracciate prima di essere investita da un'ondata d'acqua in faccia. Tossisco, sputo, mi sforzo di respirare, sto andando nel panico, non resisto...

«Mettimi un braccio intorno al collo!» grida Lee.

Lentamente, mi porta a riva. Una volta fuori dal fiume, fra tosse e conati di vomito espello l'acqua che mi ha invaso polmoni e stomaco. Ah, non sono mai stata così contenta di vomitare!

Jeremy arriva di corsa chinandosi su di me. «Gabs, mi dispiace» dice, accarezzandomi una guancia.

«Sto bene, non preoccuparti.» Mi giro verso Lee per ringraziarlo, ma lui sta già facendo cenno a Drew, Alba e Sam di procedere.

CAPITOLO 65

ALBA

Temevo che l'avessimo persa. La forza di Lee mi sorprende, ma non ho tempo di esultare. Tocca a me. Aderisco alla schiena di Drew, metto le braccia intorno al suo collo e unisco le mani. «Non devo mollare.»

«Mai» aggiunge lui prima di immergersi.

Sam ci segue tenendomi d'occhio. Appena Drew non tocca più il fondo e sento che sprofondiamo urlo di paura. I suoi piedi scalciano furiosamente: sta lottando per tenere le teste di entrambi fuori dall'acqua. La corrente tende a strapparmi dalla sua schiena. Resisto. Non devo mollare. Lui fa il possibile per stare alla larga dalle rocce, ma l'acqua ha altri piani. Sbatto io per prima. La mia schiena finisce contro un masso. La mia testa si rovescia all'indietro. C'è dolore. Poi ricordo solo il risveglio sulla terraferma.

«Alba.»

Qualcuno mi sta insufflando aria dalla bocca e comprimendo il torace. Mi sento soffocare, apro gli occhi, vedo una corona di volti preoccupati. Respiro.

In ginocchio accanto a me, Drew sorride. «Non hai mollato.»

«L'avevo promesso... ehi, sembrate un branco di topi annegati» dico, con un fil di voce, poi non riesco a trattenere la risata che mi gorgoglia nel petto con gli ultimi residui d'acqua. Rido e rido ancora di gusto, mentre mi tiro su a sedere con l'aiuto di Drew. È una bella sensazione, essere ancora viva. Gli altri mi guardano come fossi ammattita finché la mia risata non li contagia.

«Senti chi parla» fa Gabby.

Siamo bagnati fradici, malridotti e pieni di lividi, ma vivi. Ho un taglio dietro, sulla testa. Niente di grave. Drew lo pulisce come può e mi aiuta ad alzarmi. Non possiamo stare allo scoperto.

Camminare con le scarpe e i vestiti zuppi non è affatto divertente. Esausti, ci fermiamo per la notte solo quando il sole inizia a tramontare. Accendiamo un fuoco, anche se l'aria è calda, per asciugarci del tutto. Lee, Jeremy e Gabby prendono i fucili e si allontanano in cerca di qualcosa di commestibile.

Nel frattempo mi sdraio a riposare. Sono stanchissima. Non ho idea di come diavolo manterremo il ritmo nei prossimi giorni.

CAPITOLO 66

ALBA

«Drew, grazie per avermi tirata fuori dall'acqua viva.» «Che giornataccia.» Sospira e mi prende per mano.

«Già.»

«Allora, cosa succede qui?» Con un sopracciglio alzato Sam indica le nostre mani intrecciate.

«Chiudi il becco.» Gli do un pugno per scherzo sulla gamba con la mano libera.

«Attento a quella lì, Drew» dice mentre fa il finto addolorato. «È una che picchia forte.» Il suo sorriso si allarga, e ce l'ha ancora stampato in faccia quando succede: uno sparo riecheggia nel buio e lui cade di lato.

«Sam? Sam!» Faccio per raggiungerlo, ma vengo trascinata a terra.

«Sta' giù!» grida Drew poco prima che ci sia un altro sparo. «Alzati e corri!»

Obbedisco senza guardare indietro, non ce la faccio.

CAPITOLO 67

GABBY

Un primo rumore in lontananza: sembra uno sparo. Al secondo stiamo già correndo per tornare dagli altri.

Arrivato per primo, Lee si mette al riparo non lontano dal fuoco. Jeremy e io lo raggiungiamo poco dopo, senza fiato, rannicchiandoci alle sue spalle. I ragazzi alzano i fucili, prendono la mira, sparano lo stesso anche se gli aggressori non si vedono. Siamo in mezzo a uno scontro a fuoco. Quando una pallottola si conficca in un albero vicino, mi sfugge un grido che va a confondersi nel caos di spari, urla dei soldati e abbaiare dei cani.

«Sono senza munizioni» dice Jeremy.

«Anch'io» risponde Lee.

«Scappiamo!» Jeremy mi trascina via di corsa. Lee ci segue. Lascio la mano di Jeremy per andare più veloce, bilanciandomi con le braccia. Ci risiamo: di nuovo in corsa per la vita.

La fuga ci separa. Ben presto li perdo di vista. Al pensiero di essere sola coi miei inseguitori mi coglie un'ondata di panico. Reagisci. Non darla vinta a quei bastardi.

Procedo a zig zag da un tronco all'altro, convinta, o forse solo illusa, che mi offrano protezione dagli spari. Sfreccio in un continuo saltar per aria di pezzi di corteccia: o io sono davvero veloce, o loro hanno una mira di merda. L'ennesima pallottola sibila vicinissima al mio orecchio andando a piantarsi nell'albero di fronte.

Per un secondo mi assale il timore per la vita di Alba e Jeremy e degli altri, ma lo respingo con determinazione: devo assolutamente credere che ne usciremo tutti incolumi. Piuttosto concentrati sulla corsa, mi ripeto. Inspiro ed espiro con forza, non importa se ho i polmoni in fiamme. Il ritmo cardiaco aumenta, altra adrenalina entra in circolo, i miei piedi sembrano aver preso il volo. Sono carica, mi sento invincibile. Quando, però, una tuta mimetica compare dal nulla finisco lunga distesa per terra. L'impatto spreme fuori tutta l'aria dai miei polmoni. Faccio in tempo a girarmi supina prima dell'assalto. Scalcio, graffio, ho la mano del soldato sulla gola. Gli sferro un calcio nelle palle, forte abbastanza da piegarlo in due. Ne approfitto per rialzarmi e scattare avanti, ma qualcun altro mi afferra da dietro e, con uno spintone, mi ributta giù.

Ho una rivoltella puntata in faccia.

«Aspetta!» grida il primo soldato. «Dobbiamo davvero ucciderla?» Dalla voce sembra giovane. Gli lancio una rapida occhiata: è solo un adolescente.

«Sì, Cam. Sono gli ordini» risponde il secondo, con un ghigno minaccioso che mette in mostra i denti gialli.

Non gli darò la soddisfazione di vedere il terrore nei miei occhi. Lo fisso con tutto il coraggio di cui sono capace. Lo sento flettere il dito sul grilletto, ma, prima che abbia il tempo di premerlo, al centro della sua fronte compare un forellino. Capisco all'istante che gli hanno sparato col silenziatore. Mentre cade a terra inerte, l'adolescente mi guarda terrorizzato. «Corri!» gli dico, ma appena si muove fanno secco pure lui. Chi ha sparato si fa avanti: un altro militare, ma con l'uniforme diversa dagli altri due.

«Stai bene, ragazza? Sei ferita?»

«Sto bene» balbetto, ancora stordita.

«Vai di là» dice prima di affrettarsi in direzione opposta.

Indugio un attimo, fissando il ragazzo morto. Poteva essere un mio compagno di classe. Poi seguo il consiglio dello sconosciuto e corro, corro finché non mi sento al sicuro, finché non si sente più il rumore della sparatoria. Quando rallento, riesco a distinguere al buio solo il campo di erba secca che sto attraversando. Rimango in ascolto: silenzio. Nessun segno di Alba o degli altri. Il mio sesto senso però mi spinge a voltarmi.

Un gruppo di soldati sta uscendo dalla macchia. Procedono dritti verso di me con passo felpato. Fuggire? Nascondersi? Dove? Sono di nuovo senza via di scampo.

«Ferma dove sei!» dice uno, staccandosi dal gruppo. «Signora mia» continua sollevando il visore notturno, «hai scelto proprio la sera giusta per andare a passeggio. Chi sei?».

Ho la gola secca e i muscoli rigidi dalla tensione. Chiudo gli occhi quando mi punta la luce della torcia in faccia.

«Ehi ragazzi! Qui abbiamo una reginetta di bellezza!»

«Mi chiamo Gabby» rispondo tra risa e fischi di apprezzamento.

«Ma è solo una ragazzina!» esclama un altro.

«Si parla solo col mio permesso, soldato» lo redarguisce il primo, evidentemente quello che comanda. «Questa "ragazzina", come dici tu, aveva un'intera squadra di Inglesi a inseguirla.» Poi torna a rivolgersi a me: «Perché ti volevano? Lo sai che hanno attraversato il nostro confine pur di catturarti?».

«Yellow Rose» gracchia una voce alla radio, «siamo fuori dalla zona di lancio. Sganciate pure!». Subito dopo, si sente un ruggito di motori avvicinarsi e passare sopra le nostre teste, in direzione della sparatoria.

«A terra, ragazzi! La battaglia è quasi finita» abbaia il comandante.

Tutti eseguono l'ordine, me compresa. Dopo una manciata di secondi, la "zona di lancio" viene bombardata. «Alba!» grido io.

«Benvenuta nella Repubblica del Texas, signora» dice il soldato vicino a me.

CAPITOLO 68
ALBA

Continuiamo a correre, anche se le nostre gambe e i nostri polmoni implorano una tregua. Abbiamo alle calcagna i soldati e le loro pallottole. Ho spento l'interruttore delle emozioni. Se ce la facciamo, ci sarà un tempo e un luogo per piangere la morte di Sam. Ora dobbiamo pensare a restare vivi.

All'improvviso, sentiamo provenire dal cielo un rombo tonante di motori e tante esplosioni, cui fa seguito una pioggia d'argento.

«Bombe a grappolo!» Drew mi butta a terra dietro un tronco, facendomi scudo col suo corpo. La chioma di un albero va in fiamme. Il suolo inizia a tremare con centinaia di esplosioni minori. «Alba, ti amo» mormora tenendomi stretta.

La terra deflagra. Un suono acuto mi trafigge le orecchie. Il suo corpo si affloscia sul mio, non posso muovermi. «Drew! Drew!» Continuo a chiamarlo, ma niente.

I secondi scorrono, finalmente riesco a liberare una mano per controllargli il polso: è ancora vivo, ma il suo battito è debole. Lo giro con delicatezza su un fianco. Ha una gamba tutta insanguinata e il lato destro del suo bellissimo volto bruciato. Intorno a noi il bosco è avvolto da fiamme e turbini di cenere e fumo. Siamo in trappola. Moriremo qui.

Appoggio la testa sul suo petto e sussurro: «Anch'io ti amo». Poi, tutto si dissolve nel buio.

FINE

LASCIA UNA RECENSIONE

Grazie per aver letto *L'alba dei Ribelli*!

Se hai voglia di scrivere una recensione, anche brevissima, ti invito a lasciarne una.

GLI ALTRI VOLUMI DELLA SERIE

Il giorno della resa dei conti
Volume II della serie ALBA DEI RIBELLI
(pubblicazione durante il 2021)

Mi chiamo Alba Nolan e, pur essendo solo un'adolescente, sono riuscita a far evadere Gabby, mia sorella, dal campo di prigionia degli Inglesi nelle Colonie. Durante la fuga siamo state soccorse dai Texani e ora siamo sotto la loro protezione, ma più passa il tempo, meno ci sentiamo al sicuro con loro. Che alternative abbiamo? I Ribelli vogliono coinvolgerci nella loro lotta contro il regime; alla loro guida ci sono anche i nostri genitori. Gli altri Americani vogliono solo essere lasciati in pace. A me sembrano tutti uguali: qualsiasi intervento armato genera solo altra violenza, e in questo non vedo niente di buono. Senza contare che non è da me combattere. Ma la posta in gioco è alta e nostro malgrado Gabby e io ci siamo dentro fino al collo.

La vigilia del domani
Volume III della serie ALBA DEI RIBELLI
(pubblicazione durante il 2021)

Mi chiamo Alba Nolan, sono un'adolescente, e più per necessità che per scelta sono entrata a far parte con Gabby, mia sorella, delle schiere dei Ribelli. Ho imparato a combattere, a capire di chi posso fidarmi, a prendermi le mie responsabilità, a comandare. Sono state dure lezioni. Ora siamo in attesa dello sbarco dei nostri conterranei in fuga dal regime del nostro Paese, ma, per "la nascita di un nuovo domani", come lo chiama mio padre, occorre prima pacificare le fazioni che si contendono le Colonie e, nonostante l'epidemia in corso, trovare e distruggere un'arma letale finita nelle mani sbagliate.

RINGRAZIAMENTI

Ringrazio tutte le persone che mi hanno aiutato nel processo di scrittura di questo libro. Grazie per avermi ascoltato mentre parlavo in continuazione delle mie idee, perché è in questo modo che hanno preso forma.

Questo libro non sarebbe stato possibile senza l'amore e il sostegno dei miei genitori, Neil e Malinda MacQueen. Grazie mamma per la tua disponibilità ad ascoltarmi. Grazie papà per aver trascorso ore e ore a parlare con me della trama e a rivedere il testo parola per parola. Non ce l'avrei fatta senza di voi.

Bri Lally ha letto la primissima bozza, quando il pensiero di pubblicare il libro non mi aveva neanche sfiorato. Senza il tuo incoraggiamento, Bri, mi sarei fermata lì. Ogni autore ha bisogno di sentire che la sua opera significa qualcosa per andare avanti. Grazie per avermi dato questa motivazione.

La vita non è sempre facile. Di tanto in tanto veniamo messi alla prova. Sono grata a Dio per aver portato nella mia vita le persone che mi hanno aiutato a farcela, incluso ogni lettore di questa storia. È una storia sulla famiglia, sia quella che ci viene data, sia quella che ci facciamo. Per me, anche voi lettori fate parte della mia famiglia. Grazie per aver letto il mio libro.

L'AUTRICE

Michelle ama leggere da sempre. Leggere l'aiutava a superare i periodi difficili della sua malattia episodica da ragazza. Ai classici preferisce la narrativa di genere con ritmi serrati, ma dice sempre che, qualunque sia il proprio genere di lettura preferito, l'importante è leggere, perché apre la mente, invita a riflettere, essere creativi e comprendere gli altri. Ha preso in considerazione l'idea di scrivere solo dopo il college, quando la sua malattia è diventata disabilitante. Costretta a letto per circa sei mesi, ha scritto il suo primo romanzo, *L'alba dei Ribelli*, per distrarsi dalla malattia. E da allora non ha mai smesso. A parte una prima trilogia distopica, i suoi generi di scrittura sono il fantasy (che firma col nome Michelle Lynn) e i romanzi rosa e YA (che firma col nome Michelle MacQueen). La sua famiglia e la sua squadra di hockey del cuore sono le sue principali fonti d'ispirazione.

Lightning Source UK Ltd.
Milton Keynes UK
UKHW031042240221
379286UK00003BB/280

9 781034 469223